casasola
www.casasolaeditores.com

A VISTA DE PÁJARO

Cuento fantástico por Paulino

Francisco Lainfiesta

COLECCIÓN CLÁSICOS
CENTROAMERICANOS

1879

casasola
www.casasolaeditores.com

Título: A vista de pájaro
Cuentos fantástico por Paulino
Autor: Francisco Lainfiesta
—1a ed.— Ciudad de Guatemala,
IMPRENTA «ÉL PROGRESO» (1879)
Segunda Edición de Casasola Editores 2013
230 pág. 5.25x8 pulgadas
ISBN: 978-0-9850825-6-7
Colección «Clásicos Centroamericanos» ©
Casasola Editores ©
215 East Hill Rd. Brimfield MA. 01010
(413) 245-3289
Impreso en Estados Unidos.
Editor: Oscar Estrada
Transcripción del texto original hecha por: Melissa Gabriel
Fotografia de portada y contraportada: Mario Ramos
Diseño y diagramación: Casasola Editores

info@casasolaeditores.com

ÍNDICE

La visión del futuro
de Francisco Lainfiesta (1837-1912)

Existe una estrecha relación entre la literatura y las ciencias sociales. Podemos decir, que la primera se crea dentro de un contexto social específico, en donde la voz del autor o autora representa la voz de su tiempo. Pero más interesante resulta explorar cómo, la ciencia ficción, representa con gran atino, el espíritu de una época. Así, podemos leer a la estadounidense Ursula LeGuin, que valiéndose de la antropología cultural hace un análisis de los problemas contemporáneos desde sus mundos imaginarios; o la *psicohistoria* delineada por Isaac Asimov en su trilogía *Foundation*, tributaria de la teoría de la modernización y la fe en el poder predictivo de las estadísticas; o a *The Languages of Pao* de Jack Vance, una suerte de *gedanken experiment* inspirado en la hipótesis *Sapir-Whorf*.

En la escasa pero rica literatura centroamericana, la ciencia ficción se ha visto eclipsada por el realismo en sus distintas corrientes y escuelas. Podemos especular que se debe a nuestra urgencia, como autores, por contar la realidad que nos rodea que nunca, en nuestra historia, ha sido fácil.

Pero hay, en nuestra bibliografía centroamericana,

producciones de ciencia ficción y fantásticas que merecen el análisis respectivo para comprender mejor aquel inconsciente colectivo que el autor vivió en su momento.

Este el caso de la obra de Francisco Lainfiesta y su novela (que él definió como cuento fantástico) *A vista de pájaro*.

Publicada bajo el seudónimo de «Paulino» en el año de 1879, *A vista de pájaro* cuenta la historia de un hombre que logra, convertido en un zopilote con ayuda de un hada, vencer la muerte y recorrer los próximos 200 años, siendo testigo de los avances y progresos que la humanidad ha adquirido.

Francisco Lainfiesta, fiel seguidor de los ideales morazanistas, abrazó con vehemencia la causa de la revolución Liberal de 1871. Hombre de confianza de don Justo Rufino Barrios, fue el encargado de hacer grabar los billetes de papel moneda que pondría en circulación el Banco Nacional de Guatemala, cuya impresión formaba parte de la organización económica que necesitaba el país. Inauguró la imprenta para instalar en Guatemala la Tipografía «El Progreso», donde editó un periódico con el mismo nombre.

Con un fundamento anticlerical y un agudo sentido del humor, Lainfiesta explora en su novela los avances que la Revolución Liberal traerá para su pueblo: la construcción de ferrocarriles y carros eléctricos; el desarrollo de la aeronáutica y las telecomunicaciones; el comercio justo; la unificación de las repúblicas sudamericanas en una sola y próspera Federación; la construcción de ciudades limpias y ordenadas en donde la educación y la salud son universales; el fin de la servidumbre para el indio y su incorporación al desarrollo de la nación; la paz.

Lainfiesta nos cuenta en su novela, que el progreso será posible con la implementación de las reformas impuestas por el gobierno de Justo Rufino Barrios, del que él formaba parte y a quien le rinde un homenaje póstumo en su novela a manera de metaficción. Indica con convicción que la eliminación del oscurantismo y la explotación son posibles una vez que se derroten las fuerzas que mueven la iglesia y la oligarquía terrateniente; y se disuelvan los ejércitos.

Pero la obra de Lainfiesta va más allá de servir de propaganda a mejor estilo de Ivan Efremov en la Unión Soviética estalinista, explora las leyes básicas del cinematógrafo y advierte el horror de un sistema carcelario necropólita y las consecuencias de la arrogancia humana y su fe ciega en el poder de la tecnología para vencer las leyes que rigen la naturaleza prediciendo, de alguna manera, la catástrofe del Titanic y el calentamiento global.

A cien años de su muerte en 1912, no nos cabe duda que Lainfiesta se equivocó en muchas de sus predicciones y análisis del futuro, la región centroamericana evolucionó de forma distinta a como él lo vio, a vista de pájaro, en su novela; o es quizás, como en el jardín de Borges que se pierde en un laberinto de tiempos paralelos, que nos bifurcamos como nación, en un tiempo distinto del que debió venir, después de la Revolución de 1871.

Oscar Estrada
Casasola Editores

A vista de pájaro

I

Un detalle vulgar

Era en el último cuarto del siglo XIX, cuando nos sorprendió la muerte, a mi pasado y a mí. Más adelante encontrará el lector la razón que me asiste para presentar, dividida en dos, mi humilde personalidad.

Y digo que nos sorprendió la muerte, adoptando la frase común con que, por aquel entonces, se calificaba la llegada del término de la vida; no porque en realidad, si bien se considera, viniendo la muerte por el camino natural, como vino cuando me tocó su visita, nada tenía de sorprendente.

Yo contaba sobre el pedazo de tierra, bajo cuyo cielo me alumbró la primera luz, sesenta años de peregrinación; término medio en el que, por lo regular, los individuos de una raza degenerada y endeble, que habitan bajo la influencia debilitante de climas intertropicales, tienen que pagar a la naturaleza el préstamo de la vida. Por consiguiente; el que alcanzó doce lustros, debe esperar la solución de su existencia: y cuando se verifica bajo tales condiciones, no puede decirse que sea de sorpresa. Tanto valdría afirmar que el sol se esconde de improviso, cuando al vencer la diurna jornada se despide de nosotros en el ocaso.

II

Deseo raro, que caerá en monomanía

Admirador incansable de los progresos de la inteligencia en aquel siglo esplendente, yo esperaba para cada día, ver brillar nuevos secretos arrancados a la naturaleza.

Si el rayo estaba ya dócil en la mano del hombre: si a millares de leguas trasmitía su pensamiento por instantes, haciéndole salvar llanuras y montañas y correr sobre un hilo por las profundidades del océano: si a un impulso de un puñado de carbón cruzaba inmensas distancias, desafiando el poder de las olas, burlando los imposibles de gigantescas escarpadas cumbres; si en fin, el pensamiento libre, abandonado los cavernosos centros de una fe ciega, siempre en lucha con la luz de la razón, tomaba ya extenso vuelo y ponía en descubierto los misterios del vaticano, devolviendo a la humanidad sus derechos, secuestrados durante tantos siglos... ¿Cómo no esperar todavía, ante tan hermosos ejemplos, que la inteligencia del hombre tomase por momentos mayor desarrollo y no parase ya en su vuelo hasta escudriñar el infinito y hacerse poseedora de los secretos de la inmortalidad?

Engolfado en la contemplación de esas conquistas yo me extasiaba imaginando el porvenir lleno de sucesos, cuya concepción habría provocado la hilaridad en aquel siglo, como la habían provocado en los siglos anteriores, la enunciación de los sucesos que ya dejaban cambiada la faz del mundo. ¡El porvenir...! ¡El porvenir...! ¿Cómo alargar la vida un poco más allá, para admirar y bendecir los portentos que de seguro germinarían de la fuerza creadora que, en actividad creciente, desenvuelve el cerebro humano.

¿A caso, según ese incansable desarrollo de la inteligencia, no llegaría el hombre a pasearse victorioso por el azul poblado de los cielos...? ¿No llegaría, a caso, a encontrar el medio de renacer en este mundo, suceso que algunas tribus aún acariciaban con fe, lo que pudiera ser presagio de una lejana revelación, oculta todavía entre la sombra de los supremos misterios...?

Yo deliraba con una causa cualquiera que alargase mi vida a lo menos por unos dos siglos después de llegado su término natural. Yo quería vivir más tiempo, no precisamente por vivir, sino por alcanzar los nuevos prodigios que realizaría el hombre y gozarme en ellos. Pero, ¿cómo conseguir el objeto?

Hasta aquella fecha, los desvelos de los sabios para confeccionar el elixir de la inmortalidad, habían escollado ante las astucias de la muerte: los progresos de la medicina, estaban a favor del fatídico Azrael; y la debilidad física, distintiva de nuestra raza, acreciendo cada día, cercenaba la extensión del hilo de la vida.

No había pues salida alguna favorable al cumplimiento de mi deseo.

Si al menos renaciesen los tiempos de los milagros, me habría consolado con la idea de que se operase en mi ser, alguna de aquellas resurrecciones de que habla la historia de la Iglesia Romana; más por desgracia, ya no podía contarse con aquel expediente: los milagros quedaban suprimidos desde tiempos atrás, a causa de que, habiendo escaseado los idiotas creyentes, los santos milagreros fueron quedando sin esos médium, indispensables para hacer de las suyas, y se vieron obligados a guardar sus prodigios en las arcas de lo ignorado, para mejor ocasión. En tal desamparo, el que se moría en mi tiempo, no podía hacer otra cosa que conformarse con su suerte, resignándose a no chistar palabra sobre el asunto.

III

Non possumus

Me encontraba pues, ante ese fatal "non possumus", mas cierto e infalible para mi, que lo había sido en labios de Pío IX, cuando lo oponía como un último baluarte, viendo próximo a hundirse para siempre el poder temporal de los Papas.

Pero sin embargo de tan terrible corolario, seguía en mi pensamiento, firme como una roca, la idea de obtener una salida favorable hacia la inmortalidad secular deseada; y a tan fuerte grado llegó su imperio en los últimos tiempos, que vino a producir en mi debilitado cerebro, una especie de trastorno monomaníaco, cuyo tema no era otro que el de no morir; y en caso contrario, resucitaría sin tardanza, aun cuando fuese por efecto de una transmigración pitagórica; y aun cuando, para lograrlo, tuviese que convertirme en mono y tornar quizá bajo esa forma, a un origen y pasado remotos, si bien no establecidos aún resueltámente por la ciencia" en la genealogía del hombre.

Así pasaba yo las horas, combatiendo y forjando al mismo tiempo, ideas a cual más descabelladas, y engolfándome cada día más en un abismo de problemas sin esperanza.

Entretanto, el término para rendir la cuenta particular, como entonces se decía vulgarmente, apresuraba el paso; y a mi pesar, tenía que resignarme a posponer la deseada visita al porvenir, para el día del juicio final o universal, que, según los libros y los teólogos, debía verificarse no se sabía dónde ni cuándo, pero sí con los soberbios aparatos que ya describían como cosa vista y todo precedido del tremendo trompetazo de San Vicente.

IV

Una excursion a la cueva de los «chompipes»

La ciudad de Guatemala, donde yo me eduqué, que a la sazón no era más que un pequeño Estado de Centroamérica; y que hoy es de la gran República del Continente Sudamericano, poseía grandiosos panoramas en sus alrededores, ahora cubiertos por esa multitud de construcciones.

Yo gustaba mucho de visitar aquellos campos, buscando en ellos un corto reposo a las fatigas del día y expansiones agradables en los recuerdos de mi juventud. Una tarde, como otras muchas, dirigí los cansados pasos hacia el lugar de mis excursiones favoritas, atrás del que llamábamos «pueblo de Jocotenango»; punto que, si bien en épocas dadas, presentaba un cuadro brillante de animación y de alegría por la influencia de ocurrentes al paseo de las ferias, era por lo general un sitio abandonado al silencio y a la contemplación de los muy pocos que lo frecuentábamos. Lo recuerdo muy bien. Era una tarde del mes de julio: llenaba la atmósfera un delicioso ambiente: el cielo de Guatemala se ofrecía en toda la belleza que ostenta el cielo de los napolitanos; y el campo, cubierto de fresca y lozana grama, semejaba un lago de esmeraldas, donde resbalaban tranquilamente los rayos del sol moribundo, como la sonrisa que resbala por los labios del justo al respirar. Llegado a la barranca del poniente, cerca de la miserable casucha que entonces se conocía con el poco poético nombre de «chompipes», aves de corral que allí por cierto nunca llegué a ver, tomé mi acostumbrado asiento al borde de una cueva que me ocultaba de la vista de los paseantes, sin impedirme contemplar de lleno, el siempre majestuoso espectáculo de la despedida del Sol.

Reclinado allí sobre el césped, rodeado de una calma encantadora, aspirando el perfume de la yerba, en presencia de aquel padre amoroso que al volver a su hogar después de larga ausencia, reúne a sus hijos en torno de sí para distribuirle sus caricias, así llame yo aquel momento el catalogo de mis más gratos recuerdos, en la esperanza de que al amor de tan risueñas ilusiones, de mi mente aquella idea incansable de la inmortalidad. Mas todo fue vano, puesto que, la evocación de mis memorias, produjo un efecto enteramente contrario a mis propósito... También quería vivir por esos recuerdos y por volver, si posible fuera, a los tiempos de los pasados goces...

V

La visión

Embargado por esos pensamientos y con la vista fija en occidente, contemplaba con envidia la engañosa muerte del astro rey, que doce horas más tarde se alzaría de nuevo hermoso y radiante, ostentando en los espacios su esplendente faz; cuando me sorprendió de pié, cerca de mí, la simpática figura de una joven de dulcísima mirada, que parecía gozarse en mi sorpresa, según era la expresión de sus negros hechiceros ojos.

De pronto imaginé que alguna de las jóvenes que solían visitar aquel paseo, creyendo desierta la cueva donde yo me encontraba, había alargado sus pasos por aquel rumbo, jugando al escondite con sus compañeras; pero observando luego por su actitud y aspecto, que algo pretendía decirme, ya me pareció un tanto extraordinaria y curiosa semejante aparición.

—No os asustéis, buen viejo —me dijo con suave acento al mismo tiempo que me miraba y sonreía—.

No os asustéis: yo soy el genio de la vida que acude al reclamo de vuestros deseos.

Mi sorpresa creció de punto al escuchar sus palabras. Seguramente que, en mi solitaria abstracción había, sin sentirlo, dado suelta por la lengua a los recónditos pensamientos pues agitaban mi espíritu y que, tomados al vuelo por mi graciosa compañera, los aprovechaba para jugarme una chanza.

La contemplé de nuevo fijamente para cerciorarme de que aquello no era una ilusión de mi fantasía; y aún dudoso de lo que ser pudiese, la repliqué sonriendo:

—Pues que ¿tenéis acaso la facultad de escudriñar lo que pasa en el fondo del pensamiento...?

—Y en tanto grado —replicó—, que voy a deciros lo que en el vuestro acontece en este instante, dudáis si mi presencia es material o ilusoria...

—Ciertamente —la dije—, habéis adivinado.

—No es cosa de adivinar. Yo tengo a la vista vuestro pensamiento y leo perfectamente lo que pasa en él. Y vuestra duda es natural y razonable. Sabed pues, que soy una ilusión que toma forma en el aire, palpable solamente por el sentido de la vista.

Y acercándose a mí, agrego:

—Dadme vuestra mano.

Curioso de la prueba, aunque no sin un punto vago de recelo, motivado por la rara circunstancia de haber acertado la joven al descubrir lo que pasaba en mi mente, extendí el brazo para llevar mi mano a la suya y... !Oh prodigio! Aquella mano transparente se perdía entre mi mano, sin permitir al tacto la menor sensación.

Mi aparecida continuaba sonriendo, en tanto que

mi espíritu flaqueaba ya notablemente, a la vista de aquel resultado que no daba lugar a dudas en cuanto a la entidad de mi bella interlocutora.

Con un resto de energía alargué los dos brazos con la intención de abarcar su cuerpo; y mis brazos cortaban aquella impalpable figura, que parecía de nuevo guardando la misma posición, como aparece por la rendija, un rayo de luz que interceptó por un instante el paso de un cuerpo opaco.

El suceso pasaba ya de los términos posibles y concluyó por desarrollar en mi ánimo, algún sentimiento parecido seguramente al miedo o pánico.

Sin embargo, aun me atrevía yo a reflexionar. Incrédulo para los ángeles y fantasmas, cuya existencia rechacé abiertamente desde que tuve uso de razón, yo no podía convenir en que aquella aparecida, de figura visible y de perceptible voz, fuese uno de esos seres creados por la imaginación de otros tiempos, a quien se le hubiese ocurrido bajar de las alturas para saludar a un pobre diablo como yo. Eso no podía ser, como tampoco que fuese cosa de encantamiento.

Era pues, seguramente, un delirio de mis ojos; un sueño de la vista, que con un esfuerzo de voluntad se disiparía, como se desvanece un dulce u horrible sueño.

Recogí entonces todo el poder de la razón para sacarla a paz de aquel ofuscamiento; y siguiendo el prudente consejo de un antiguo compatriota y poeta de gran mérito, sobre lo que debe hacerse para no recibir por cierta una falsa apariencia; me restregué los ojos lentamente y con ambas manos y teniéndolos cerrados durante un buen rato, los abrí cuando me pareció que ya era tiempo de que la visión se hubiese disipado, caso de provenir de un sueño. Pero con nueva sorpresa, me encontré con ella al levantar la vista.

Allí estaba, firme en su puesto, indicándome siempre con su semblante de curiosa expectativa, la seguridad de que leía y comprendía perfectamente, la lucha que se operaba entre mis sentidos y la razón.

VI

Entramos en materia

—No os canséis —me dijo al fin—. No dudéis ni temáis. Queréis alargar vuestra vida, porque os fascinan las victorias del porvenir y las queréis contemplar. Bien está: soy el genio de la vida como ya os lo he dicho y dispuesto estoy a prolongar la vuestra. Sois un buen viejo; os conozco desde hace mucho tiempo y quiero satisfacer vuestros deseos.

Alentado por aquellas palabras dirigidas en un tono de bondad indefinible, el temor que me había sobrecogido a despecho de toda mi filosofía, me abandonó un tanto y me atreví a replicar:

—Decís, hermosa visión, que me conocéis desde hace tiempo y me habéis repetido el título de "buen viejo:" ¿Por qué me calificáis como ese adjetivo...? Si me conocieseis como deberías saber que fui tachado siempre como hombre malo, aun por aquellos amigos y allegados que solo tuvieron motivo para encontrarme pasable a lo menos.

—Eso no debe extrañaros —me respondió—, porque no todos han podido penetrar en vuestros secretos, como yo he penetrado. Al llamaros «buen viejo» no ha sido mi intención afirmar que fueseis un modelo de virtudes: el adjetivo no viene mal al hombre que ha procurado llenar los deberes de su misión sobre la tierra.

—Gracias por vuestros conceptos bondadosos, —repliqué.

Y observando que la joven esperaba que yo le dijese algo más, cobre nuevo aliento y añadí:

—Pues que tenéis el poder de alargar la vida y estáis dispuesta a ejercitar en mi favor esa facultad, decidme ahora: ¿Qué tengo que hacer para que la mía se prolongue unos dos... Unos cuatro siglos?

—Alargáis el término —me dijo—, interrumpiéndome vivamente. Habías pensado conservaros solo por dos siglos más y ya pedís cuatro siglos...

—Pues que —repuse no poco contrariado por aquella observación—, ¿sabéis también hasta dónde llegaban mis primeros deseos respecto a la vida?

—Conozco perfectamente todos vuestros pensamientos y pruebas os he dado de mi penetración.

En efecto, yo había olvidado la poderosa facultad de mi huéspeda; y como vi que se hallaba en tan buena disposición, me pareció aprovecharla pidiendo el doble, en lo cual no hacía más que seguir la costumbre de los pedidores, que alargan o acortan la demanda, según se presenta el que ha de dar.

La visión me cogió de lleno en el pequeño fraude y mi silencio le probaría que su respuesta me dejaba confundido. Ella prosiguió:

—Si queréis, pues, vivir todavía hasta por espacio de dos siglos, que es el espacio que puedo concederos, os exijo plena fe en mis palabras...

Esta condición ultramontana vino a desconcertarme. La fe, la infalibilidad, contar uno por tres o tres por uno, tragarse una rueda de molino, ver sin ver y otros puntos por el estilo, me parecían siempre proposiciones tan chocantes como sería la de tomar el sol con las manos; y yo, que estimaba en mucho la dignidad de la razón, no podía sujetarme a encadenarla ni aún de un modo simulado, tanto más cuanto que la visión no me permitiría usar de subterfugio para cumplir su exigencia, una vez que los giros de mi pensamiento le eran familiares. Reflexioné unos instantes y repliqué a continuación:

—Me exigís un imposible. Yo no podré jamás percibir cosa alguna si me colocáis en un recinto oscuro y además, con los ojos vendados. Esto es lo que exige la fe.

—Notad que yo no demando la fe de otros tiempos, ciega y estúpida, sin pruebas ni discusión: quiero solamente que creáis lo que palpéis con los sentidos y con la razón...

—Ya esto es diferente y acepto vuestra condición. Sin embargo, notareis que aun dudo de vuestra entidad. No tenéis forma material, teniendo la ilusoria; y la existencia de un ser de esa naturaleza, es rechazada por la razón como contraria al orden que preside en ese universo.

—Pero debéis creer que aquí estoy, aunque impalpable, porque es una verdad, puesto que me veis y oís...

—Pero entonces —repuse—, existen los milagros; y rechazándolos como groseros embustes, hijos de la superstición o del interés, he pasado mi existencia en un miserable error.

—Nada de eso —respondiome—. Habéis hecho bien en negar todo aquello de que no tuvieseis certidumbre; todo aquello que no hayáis podido ver por vuestros propios ojos o esclarecer por medio de la luz de la razón y de la ciencia. Os dije ya, que soy el genio de la vida; y aunque para los seres a quienes animo, soy y debo ser un perpetuo milagro, mi existencia no pertenece a los sucesos que la ficción ha querido presentar como insólitos o extra-naturales.

—Pero yo no encuentro diferencia entre lo que a mí me pasa con vos y lo que le pasó a Juan Diego con la Virgen de Guadalupe, a Juan Pablo con la de Lourdes y a otros Juanes con otras; y si continuara sonando después de separarme de este sitio, me vería en el caso de anunciar mañana mismo vuestra aparición, proclamándoos con el ridículo nombre de Virgen de los chompipes, bien que en esto no haya diferencia esencial respecto de las otras.

—Si milagro os parece —replicó la joven el ver y no poder tocar mi figura—, sabed que esta figura solo existe por un reflejo de imaginación, en vuestros ojos, y no donde la veis. Es un capricho mío haberos forjado esa imagen. Temía y con razón, que si os hablaba en el viento, como pudo ser haciéndoslo imaginar así, no tuvieseis el ánimo bastante para escuchar mi voz; mientras que de esta manera, casi me habéis oído con placer, lo cual os probará además, que conozco muy bien el lado flaco de vuestra juventud, que aún persiste en la vejez, para dejaros alucinar por la belleza femenina....

—¡Genio o delirio de esta tarde! —exclamé— cada vez os comprendo menos; pero, sea como fuese, dadme esos años mas de vida... decidme qué es lo que tengo que hacer para obtenerlos.

VII

El compromiso mortal

La joven, después de una pausa reflexiva, me dijo:
—Primeramente, tendréis que elegir una nueva habitación en las que yo podré proporcionaros.

Aunque no comprendí que objeto tuviese en el asunto ese asunto de cambio de casa, repuse:
—Dejo esa elección a vuestro arbitrio... ¿y después?

—Después... morir, para trasladaros a ella.

—¿Que decís? —Replique a mi protectora, altamente sorprendido por aquel brusco epílogo.

—Que debéis morir —repitió en tono tranquilo y como quien se refiere a la cosa más sencilla y natural de mundo.

—¡Morir?... Pero entonces no me habéis comprendido... Lo que yo quiero y deseo es precisamente lo contrario, o más claro; lo que yo quiero es ¡no morir!...

—Perdonad; mas no es eso lo que me habéis indicado. Querrías vivir unos dos siglos más... ¿Es así?

—Cierto: quiero vivir, y no quiero morir...

La joven sonreía observando la sorpresa que su argumentación me causaba. Y en efecto, yo no podía comprender que, tratándose de alargar mi vida, viniésemos a que para conseguirlo fuera necesaria la muerte. Ella comprendió lo que pasaba en mí, y me satisfizo de esta manera:

—Tenéis razón en haberos confundido. Yo no me he explicado lo bastante y voy a explicarme ahora.

Me dispuse a escucharla con atención, y ella prosiguió diciendo:

—Yo puedo impedir que vuestros espíritus vitales al abandonar ese cuerpo que hoy los aprisiona y en el cual ya se fastidian con sobrada razón, pasen reunidos a ocupar otra vivienda que sea más de su agrado, y no vayan como tantísimos otros, a perderse entre los átomos de ese mar sin límite que forman las almas humanas que han abandonado sus moradas de este mundo en el transcurso de los siglos.

»Es decir; yo puedo hacer que vuestra alma no se fugue a los espacios; puedo retenerla aún por dos siglos en la tierra; pero no ya en ese cuerpo, de donde la muerte vendrá a sacarla al toque de la hora precisa, que está muy cercano...

Aunque la joven debía notar el malísimo efecto que causaban en mi ánimo sus fatídicas conclusiones, no se daba por entendida de mi inquietud.

Aquello de que la hora de la muerte se encontrase tan próxima, retiró de mi cuerpo la camisa, lo menos una pulgada; y no sintiéndome dispuesto a continuar estipulando sobre el asunto, resolví tantear una retirada honrosa, y dije a mi aparecida:

—Pero observad que de esa suerte, careciendo de mi cuerpo, de nada me serviría la prolongación de la vida, pues que yo la deseo para presenciar el porvenir, que quiero ver con mis propios ojos y examinar con mi propia razón.

—Os daré ojos y os daré la razón humana para que podáis llenar vuestros propósitos; y os daré por ultimo una existencia de tal bienestar en que pasareis desapercibida la marcha de el tiempo y tomareis los años por instantes.

—No comprendo como pudiera suceder todo eso si tuviese que morir, siendo así que con la muerte todo se acaba.

—Pues es lo más sencillo. Haría yo pasar esa alma a un cuerpo nuevo y vigoroso, más cómodo que el vuestro; cuerpo cuya elección habéis dejado a mi arbitrio y que yo tomare de entre los que mejor se presten al logro de vuestras miras.

—Entonces, podéis pasarla a mi mismo cuerpo, tornándolo al vigor de la juventud de ahora medio siglo. Esta renovación satisfaría mis deseos; y no creo que os sea difícil operarla si hacéis uso de vuestro poder, como cuentan que lo hizo el gran Menphistófeles, en pasados tiempos, con un anciano, en un instante y sin que la muerte tuviese que hacer en el negocio.

La joven fantasma escuchó mis reflexiones con alguna sorpresa y mirándome fijamente, replicó:

—¿Tenéis miedo a la muerte...? ¿Sabéis que el temor a la muerte, es una muestra de profunda cobardía?

—Podrá ser así —dije a la visión—; pero habéis de saber que en este mundo, aun no está decidida la cuestión acerca de el temor o del valor ante la muerte. Cuando la buscamos, se nos llama cobardes. Si yo, por ejemplo, apeteciera ahora la muerte y me lanzara ahora de cabeza al fondo de esa barranca para apresurar su llegada, afrontándola con valor, oirías un grito unánime llamándome ¡cobarde! Pero vengo y pido la vida: no quiero la muerte, la rechazo, hago todo lo contrario de lo que haría el que quisiera aproximarla, y vos... Y todos, me llamaran ¡cobarde...! Ya veis, pues, que no nos entendemos; y en todo caso; ya sea un rasgo de valor, o ya sea de cobardía, yo no quiero morir...

—Y en esto seguís la costumbre general; pero os aseguro que desde el momento en que hayáis recorrido el corto trecho que separa el ser del no ser, cambiareis de modo de pensar, pues notareis que pudo seros de todo punto diferente....

—Bien que así sea —repuse—; más perdonad: yo preferiría cambiar de modo de pensar, antes de correr ese corto trecho.

Sin hacer punto en mi reflexión, la joven prosiguió las suyas.

—No podréis —me dijo—, recordar siquiera el momento de vuestra muerte, como no habéis podido nunca daros cuenta del momento en que nacisteis.

Vuestro pasado quedará vagando por los vientos, lejos del alma que animó el lugar de vuestra memoria, como vuestro pasado anterior a la vida humana, se desprendió y alejó de vuestro espíritu, al acomodarse éste en ese cuerpo ya derruido por el tiempo... ¿sabéis acaso de dónde vinisteis a la entidad de hombre y en qué momento?... No lo sabéis. Pues de la misma manera, tampoco sabréis en dónde estuvisteis, ni os daréis cuenta del instante en que, de hombre, pasareis a ser lo que os toque después de la muerte.

VIII

Estado filosófico

La visión parecía decidida a conquistarme a todo trance. Pasaba en claro mis observaciones, cuya tendencia era bien marcada y me acribillaba con su réplica contundente.

Yo escuché con atención aquellos razonamientos, que ya otras veces y con mucha anterioridad habían ocurrido a mi cabeza; y no los encontraba desencaminados. Se había dicho y repetido que el sueño es imagen de la muerte, y que ésta no era otra cosa que un sueño en perpetua noche; pero nada a este respecto se había comprobado científicamente y la simple inducción no bastaba para disipar los temores derivados de la incertidumbre.

Los argumentos de mi desconocida, me encaminaban involuntariamente a discurrir de nuevo sobre el asunto; y en teoría, mis conclusiones establecían también la puerilidad del miedo a la muerte.

Fruto del bien de la vida, o término del mal de la vida, como ha dicho algún filósofo, la muerte no debería causar temor alguno; y quizá yo me habría decidido a aceptarla valientemente.

Pero la circunstancia enunciada por mi joven fantasma, de qué, al transformarse mi ser en otra entidad cualquiera, quedaría desprovisto de los propios recuerdos y de la historia del pasado, vino a contrariarme de una manera desconsoladora.

Y en efecto, si la mira que me impulsaba a desear más larga vida no era otra que la de llegar al porvenir con los recuerdos del pasado, para contrastar los sucesos anteriores con los que contemplaría más adelante, era claro que apareciendo en un nuevo siglo sin la memoria de los precedentes, mi curiosidad de examinar los hechos con mi misma inteligencia histórica, no podía tener lugar.

Estas reflexiones que desconcertaban abiertamente mis propósitos; y el horror invencible al trance mortal, exacerbado con la noticia de su proximidad, me hicieron tomar la resolución de no pretender ya mas la prórroga de vida; y para concluir de una vez con mi extravagante solicitud, dije a mi compañera:

—perdonad mi contradicción. No quiero ir adelante del próximo término que, según dijisteis me está asignado. Si no hubiese de vivir con la memoria de lo que pasó y he presenciado en mi existencia, prefiero no vivir más.

Oyó ella mi escusa sin el menor asombro y me respondió enseguida:

—Comprendo lo que deseáis y aún encuentro un medio de conciliarlo todo.

Estaba visto, la joven no renunciaría fácilmente a su presa, ella no entendía de dificultades y pronto lo arreglaba todo. Era preciso obrar con prudencia y aun quizá con   resignación.

—Hacedme el favor —la dije—, de darme a conocer ese recurso que todo lo allana.

—Yo colocaré vuestro pasado —dijo—, en un ser semejante a aquel que os señale para nueva vivienda, el cual os seguirá por donde quiera para no dejaros en vuestra futura vida, hasta el instante en que debáis separaros de ella. Ese ser llevara vuestra historia encarnada, y de él podréis tomar a toda hora los informes que gustéis respectivos a vuestro pasado: él será para vos un compañero infatigable y un amigo a la vez útil por su experiencia y perspicacia...

Después de una pausa en que, con la mirada buscaba el efecto que en mi hubiese producido su ingeniosa combinación, la joven prosiguió:

—Puedo además daros y os le daré, otro compañero semejante, que tendrá la misión de explicaros satisfactoriamente los sucesos que os llamen la atención en el porvenir; y podéis estar seguro de la veracidad de ambos en cuanto os digan o expliquen. Auxiliado por esos dos cicerone, vuestros deseos quedaran perfectamente cumplidos... ¿Qué decís de este arreglo? ¿No os parece que va mucho más allá de vuestras esperanzas...?

IX

Resolución

La visión esperaba mi respuesta.

La verdad, el arreglo no podía ser más favorable,

ni más adecuado a mis propósitos; pero es lo cierto que en aquel instante, ya mi espíritu flaqueaba de terror: lo que me acontecía era demasiado extraordinario y una mano de plomo iba cayendo sobre mi corazón con peso terrible. Para salir del paso, yo hubiera deseado que la joven no encontrase tan fácil salida a la dificultad propuesta.

Quede pues, por unos momentos sin saber qué hacer ni que decir; pero reflexionando que sería mejor no disgustar a quien tanto poder manifestaba, no fuese que en un lance de arrebato acabase conmigo desde luego, y contando con que más adelante no faltaría oportunidad para salir bien de semejante apuro, conteste resueltamente a mi aparecida:

—Acepto vuestra proposición y os agradezco la combinación que tanto favorece mis esperanzas. Decidme ahora ¿Qué debo hacer?

—Ya os he dicho: morir... Lo demás corre de mi cuenta

—Y... ¿debo darme yo mismo la muerte? —Replique—, porque eso si que...

—¡Oh! No —interrumpió la joven—. Entonces imposibilitarías mi trabajo. La muerte violenta arroja el alma con una celeridad inaudita y difícil me seria detenerla en su carrera. No os apresuréis: aun han de correr veintiún días antes de que os visite el último sueño, del cual yo os despertaré pocos minutos después.

—¡Veintiún días solamente? —Exclamé con un susto mortal?... ¿no pudiéramos alargar ese término a algunos años mas...?

—Imposible —replicó la joven con viveza—. Ni años ni horas: es un término fatal, improrrogable.

Pero nada temáis, que yo estaré a vuestro lado y pasareis desapercibida esa transición que tanto os preocupa.

No obstante la desconfianza natural con que yo recibía las promesas de la visión, que aun todavía me parecían hijas de un sueño, mi disgusto sobre el próximo término, con tanto aplomo anunciado, crecía de punto, como si a este respecto, ninguna duda pudiese tener lugar.

Ya solo pensaba en alejarme cuanto antes de aquel funesto sitio; pero reflexionando luego, que de uno u otro modo nada adelantaría con no llegar al fin de tan extraordinaria aventura, tomé nuevo aliento y dije:

—Puesto que no ha de ser de otra manera, estoy resuelto y conforme; mas, excusad mi insistencia: yo presumo que algo tendré que hacer o preparar de mi parte y nada me habéis dicho.

—Ciertamente: tendréis que hacer, aunque muy poca cosa y nada más de lo que os voy a decir.

Puse la mayor atención para no perder una sola de sus palabras. Ella prosiguió:

—De hoy en veintiún días, cuando el sol esté cercano a perderse en occidente, os encaminareis a este mismo sitio, para que aquí tenga lugar vuestro pasaje al nuevo ser que para entonces ya os tendré preparado. Pero, entendedlo bien; si faltareis a esta cita por un temor pueril, como el que os ha dominado desde que os hablo, sabed que no por esa falta escapareis a la muerte y sí perderéis la ocasión de entrar a nueva vida, porque yo solo os buscaré aquí y de ninguna manera en otra parte y... nada más. Adiós buen viejo: hasta dentro de veintiún días, si así lo queréis....

—Pero decidme —grite...

X

Delirando o soñando

La visión había desaparecido. En vano la llamé con esforzada voz, que devolvía clara y sonora el eco de la silenciosa gruta. Deseaba preguntar a la joven lo que debería hacer en caso de impotencia para encaminarme a aquel sitio desde mi morada, pues era natural pensar en esa dificultad que de seguro se presentaría, si se atiende a que, viejo y achacoso y en las últimas horas de la vida, debería hallarme postrado y sin aliento.

La misma joven debió notar que asomaba a mi pensamiento la expresada dificultad; y sin embargo se iba sin resolverla, dejándome envuelto en una nueva duda. ¿Qué pensar de su precipitada huida...?

Volvióme entonces la idea de que todo había sido una ilusión. La calma de la noche, la soledad del campo... las ideas que me dominaban... Eran circunstancias más que suficientes para suponer que, sorprendido por el sueño en medio de mis extravagantes pensamientos, me había forjado aquella aparición, continuando el tejido de las ilusiones que agitaban mi espíritu.

Me alcé del suelo lentamente, y movido por un

resto de duda, escudriñé con cuidado aquel recinto. Nada absolutamente pude alcanzar con la vista: la obscuridad reinaba por completo en torno mío. Apliqué el oído conteniendo la respiración, para observar si percibía alguna nota rezagada de aquel dulce acento que aún vibraba en mi corazón; y nada mas oí que el chirrido con el que los millares de insectos de los campos saludan bulliciosos las sombras de la noche.

Restregueme los ojos por última vez y oprimí las sienes calenturientas entre mis manos, para sacar a luz los misterios de aquel suceso.

¿Había sido no más que un sueño...? no pude definirlo. Decidime al fin a tomar la vuelta hacia mi hogar, llena el alma de una turbación indecible. Mi cuerpo se estremecía por instantes, pareciéndome regresar con solo la mitad de el vigor que me acompañara pocas horas antes, había salido para verificar mi excursión.

Pero ya distante de aquel sitio y refrescada mi cabeza por el viento de la noche, el ánimo recobró progresivamente la perdida calma; y cuando llamaba a la puerta de mi morada, me reía de buena fe de la escena de la gruta, no dudando que fuese hija de un punto de locura o de un pesado sueño.

XI

Nuevas dudas y temores

Sin embargo aquella reacción benéfica, duró tan solo unas pocas horas: muy pronto mi cerebro volvió a encontrarse bajo el dominio de la idea incansable de la inmortalidad: muy pronto la memoria reunió los pasajes referentes a aquella fantástica aparición, cuyo epílogo cerraba con el funesto plazo de veintiún días, señalado para término de mi existencia.

Verdad es que si daba ascenso a la predicción que me anunciaba la muerte, tenía que aceptarla también en cuanto al renacimiento, y entonces, poco debía importarme morir; pero a pesar de tan justa reflexión, mi espíritu fatigado daba como cierta y segura la primera, al mismo tiempo que aumentaba su desconfianza, respecto a la segunda; condición propia de la naturaleza humana, que admite fácilmente las malas nuevas, mientras rechaza la buenas, olvidando el supremo equilibrio que guardan en el universo el bien y el mal.

Noches horribles, de perenne insomnio, siguieron a la noche de aquel inexplicable suceso: se apoderó de mi alma un profundo arrepentimiento de haber concebido tan locas ideas, reconociendo que la ambición de vida me había perdido, como pierde a los hombres otra clase de ambiciones; y que en vez de servir mi empeño para abrirme camino hacia la inmortalidad, había servido solamente para escasear los días de mi vida y para amargar los últimos, hasta el punto de considerarlos ya como una carga insoportable....

Más con todo, la fecha mortal me llenaba de estupor y miedo. Parecíame desear la muerte y al contemplarla de frente en el augurio de la visión, encontraba yo, como el viejo leñador de la fábula, que sólo deseaba me ayudase a sostener la vida.

Con el firme propósito de combatir la melancolía

de que era presa, repetí por varias tardes mis excursiones hacia la gruta.

La aparición no volvió a presentárseme; y según fuera el estado de mi espíritu, así juzgaba de esa ausencia, sirviendo a la vez para deducir conclusiones diametralmente opuestas, esto es: o que todo había sido un sueño, o que la visión cumplía su última palabra, reservándose para surgir en el día y momento señalados.

XII

El plazo fatal

Entretanto corría el plazo aceleradamente y el día postrero no se hizo esperar.

¿Cómo reseñar la lucha que se trabó en todo mi ser al contemplar la aurora de aquel día que acaso me alumbraba por última vez?

El abatimiento del cuerpo y del espíritu era sensible. No parecía sino que el alma comenzara en efecto a prepararse para un próximo viaje. Ligeras convulsiones, violentas impresiones de frío recorrían mi cuerpo... ¿era preocupación...? ¿Era que la muerte comenzaba a ganar las trincheras detrás de las cuales el alma hacía traición no oponiendo resistencia alguna, fastidiada de la vieja casa...?

No podía determinarlo; pero es lo cierto que todo lo que en mí pasaba, me parecía extraordinario, inexplicable.

Pensaba aun, que, no obstante la prevención de

la joven, podía ocurrir al medio de faltar a la cita y librarme quizá de esa manera, de llegar tan presto al termino de la vida.

La visión no había de estar pensando en mi, dado el caso de que tal genio existiera; ni había de operar contra mi voluntad, siendo así que era yo, el que la había solicitado, cuando ella acudió al llamado de mis deseos.

Por otra parte, podía estar seguro de no ser buscado por ella si yo faltaba al compromiso, cuya prevención me anticipó estando próxima a despedirse de mí en la gruta.

Estas y otras reflexiones fueron inútiles de todo punto para dominar una secreta fuerza que me impedía a no faltar a la última prueba. El peligro visto de frente, disminuye en proporciones, porque de ese modo no puede complicarlo la imaginación; y acaso pensando en esto, fue que yo me inclinase a no excusar la asistencia a la cita.

Próximo estaba el sol a llevar sus resplandores al opuesto hemisferio en aquel día, para mi tan crudo y tormentoso; y era por consiguiente llegada la hora del lance supremo. Yo no sé si voluntariamente, si despierto o dormido, tomé el acostumbrado camino hacia la cueva de los chompipes, a donde presumo no llegaría con mis propias escasas fuerzas físicas, sino más bien con las del espíritu, que desde la mañana parecía por momentos profundamente excitado. ¿Qué fue de mi entidad, poco después de ocultarse el sol...?

XIII

Los huéspedes de la cueva

Cuando llegué al lugar favorito de mis contemplaciones, reinaba en el campo una dulce tranquilidad, propia para derramar en el corazón la calma y la confianza de que tanto necesitaba.

Nada en aquella magnífica hora se prestaba al desaliento o a la tristeza: nada en torno mío auguraba la realidad del sueño que allá me conducía.

En el fondo del barranco, despidiendo al día, vibraban sus últimos trinos, los pequeños coronados y los armoniosísimos guardas, justamente con otras avecillas que, ya acomodadas sobre las ramas en sus lechos de paja, esperaban tranquilas el paso de la noche.

A lo lejos, las confusas voces de un calmoso pastor o de tardíos paseantes, íbanse perdiendo lentamente entre los rumores vagos de la hora del crepúsculo.

Nada especial se ofrecía, pues, a mi vista, salva la presencia de dos seres, que al parecer sin movimiento alguno, alcancé a descubrir agrupados en el fondo de la cueva, como si sorprendidos por mi llegada y temerosos, no se atreviesen a desocupar el puesto.

Eran dos zopilotes, o por otro nombre, gallinazos, que a pesar de su receloso instinto, ni se movían ni daban señal alguna de vida, permaneciendo allí de pie, cual si estuvieren modelados sobre carbón. Probablemente acostumbrados a tomar refugio en la cueva para pasar las noches, se anticiparon aquella tarde, no contando con que algunas veces, un inoportuno visitante llegaba a interrumpir la quietud de aquel sitio.

Un instante fijé la atención en mis extraños compañeros, y aún me movió a risa la circunstancia de encontrarme con aquellos repugnantes, si bien inofensivos seres, en vez de la encantadora figura de la joven que debía esperarme para mudar de casa.

XIV

La razón parece recobrarse y discurre

Y, cosa rara, en el más crítico momento, me parecía haber recobrado la razón para no ver en las pasadas y en aquella escena en la que me hallaba, nada más que el producto de un sueño caprichoso. De no ser así, era claro que la visión me habría salido al encuentro, preparada a cumplir sus promesas.

Recobrando el poder sobre la razón, las dudas se disipaban por entero y mi corazón latía tranquilamente, ajeno a toda zozobra y lleno de vigor, cual si hubiese conquistado alguna fuerza más para la vida. Pero siempre sospechoso, observando esa transformación momentánea, que se explicaba por efecto natural de haber librado de la duda y el temor que me ofuscaban; aun pensé si el cambio no sería idéntico a lo que pasa en una vela próxima a espirar, cuando lanza tan vividos destellos que hacen creer que no le falta todavía la materia que alimenta su luz.

Ya dueño de mí completamente, no pensé en abandonar el sitio donde me había reclinado; el mismo en que veintiún días atrás y en aquella misma hora conversaba con la ingeniosa visión de mi ardiente cerebro.

Resuelto a contemplar el desvanecimiento en el azul del cielo, del último celaje de la tarde, apoyé la cabeza sobre una protuberancia del terreno, para admirar descansadamente, como la naturaleza iba entrando por grados en la nocturna morada.

Cerca de un siglo había transcurrido desde que el inventor de un nuevo suplicio de muerte, se propuso demostrar que, con su invento, el doloroso temible trance, quedaba reducido para el paciente, a una ligera sensación de frío en el cuello. Esto habría sido una conquista de gran precio para la desgraciada humanidad... Mucho tiempo antes se sostenía y la visión de la gruta lo confirmaba, que la transición mortal era un suceso de que ninguno podía darse cuenta, como la transición al sueño, siempre inadvertida.... Los poetas habían repetido: morir... dormir...

Pero ni la ligera sensación de frío, probada por millares de infelices en la diabólica máquina, ni ese simple pasaje a un sueño en que desde el principio la humanidad corre si cesar, del ser al no ser, pudieron jamás justificarse por experiencia tal, que alejase dudas y temores; prevaleciendo por tanto la sospecha de horribles sufrimiento, manifestados generalmente en las convulsiones de la agonía. Ninguno imaginó si aquellas convulsiones fueran del todo extrañas a la sensibilidad del alma, que es la que siente y sufre; si serían sufrimientos sin dolor, producidos al principiar el sueño.

XV

La muerte

Pero así mi fantasma, como los poetas, tenía razón. Quizá la haya tenido igualmente Mr. Guillotina, respecto a la primera impresión de frío, aunque nada dijera cuando, según muchos lo afirmaran, le llegó su turno para apreciarla por experiencia propia.

Y digo que mi joven fantasma y los poetas tenían razón, porque ciertamente, morir es dormir, y cualquiera que como yo, haya dejado o deje escapar su alma, al amor de un tranquilo sueño, llegado que sea el término justo y natural de la vida, se persuadirá de que el morir, en cuanto a sensibilidad, no guarda diferencia con el nacer; y de que, aún hay en la muerte la ventaja de entrar en ella sin el llanto que derramamos al entreabrir las puertas de la existencia.

Tendido allí sobre la yerba, engolfado en la contemplación de los cambios de luz en Occidente, me pareció a poco que mi vista volaba por los espacios en cierta deliciosa confusión; y comencé a sentir que en lo interior de mi cabeza giraba alguna cosa, con movimiento y rumor semejante al que se produce en un trompo, cuando próximo a equilibrarse se inclina muellemente en derredor de su centro, lanzando el ligero zumbido, que más suave se deja oír, a medida que se acerca al perfecto punto de equilibrio.

Era en el principio de la noche, pues comenzaban a brillar las estrellas; y sin embargo, el firmamento aparecía a mis ojos más claro y esplendente.

Cual si con un ramillete de plumas me oprimiesen los párpados, estos se bajaban involuntariamente en lánguida expansión. Sin duda alguna me visitaba el sueño, movido por el silencio de aquella agradable soledad, y yo no pensé ni un instante en desechar las caricias de tan dulce amigo, complaciéndome más bien en encontrarme próximo en sus brazos.

Supongo que mis ojos se cerraron del todo al fin, y que en el mismo momento, fue que la visión apareció en su sitio.

Era la misma joven del vaporoso talle y de la amante sonrisa: brillaba entonces cual un meteoro de vívida luz. No me dirigía una palabra; pero tenía fijos en mí sus ojos y me miraba con atención extrema y profunda. Así la contemplaba yo en mi sueño.

Cerca de la visión, delante de ella y frente a mi cuerpo, se encontraban los dos zopilotes que poco antes había visto inmóviles en la cueva.

La joven se ocupaba en llevar hacia el uno la mano derecha y hacia el otro la izquierda, con movimientos acompasados y como si tratase de trasmitirles por ese medio alguna cosa que se desprendiera de mi cuerpo. Unos minutos después, todo desapareció, a mis ojos y nada vi ya, ni sentí más....

XVI

Dividido en dos

Al abrir los ojos cuando rayaba el alba en el siguiente día, me encontré parado sobre el borde, a la entrada de la cueva.

A mi lado tenía un compañero entretenido en sacudir de las negras alas el roció de la noche, operación que inmediatamente principié yo también a ejecutar. A corta distancia de nosotros se descubría, tendido de largo a largo, el cuerpo de un anciano; y el instinto nos indicaba que era un cadáver. El desayuno se nos ofrecía providencialmente.

Por una revelación misteriosa, fijando la vista en el compañero que tenía cerca de mí, vine a darme cuenta de que me hallaba acomodado dentro de la armazón de un zopilote, con la rara circunstancia de sentir, unida al instinto animal, una inteligencia superior, la inteligencia humana, que, con el alma que animaba el cuerpo de aquel anciano, había sido transportada durante un sueño, poderoso de la vida.

Con su sola presencia, el zopilote compañero desenvolvía a mis ojos la historia de un pasado que recordaba perfectamente; y siendo además un parlanchín incansable y amigo de referir las cosas de su tiempo haciendo valer su larga experiencia, él estaba dispuesto a satisfacer los interrogatorios que yo le dirigiese.

Allí encontré que había corrido por el mundo en forma humana y que el día anterior, aún se albergaba mi espíritu en aquel cuerpo envejecido que tenía delante, ya inerte y frío. Recordé los pasajes de mis últimos días, relacionados con la visión de la gruta y reconocí con sorpresa la realidad de cuanto me había prometido y muy particularmente respecto a la transición mortal, al observar que ni en mi compañero descubría indicación alguna del momento en que el ánima dormida paso a continuar su sueño a la mansión de un zopilote, para luego despertar en ella sin la menor extrañeza, como si jamás hubiese estado en otra parte.

Por efecto de no hallarse en mi propio ser la memoria del pasado, las impresiones que recibía referentes a mi vida anterior, desaparecían con solo retirar la vista de mi compañero.

De allí que pudiese contemplar impasible la proximidad de aquel cadáver, y hasta que sirviese para estimular mi apetito, que sin ninguna repugnancia hubiera saciado en él, sino fueran las recomendaciones que me hacia el compañero a fin de que me abstuviese de seguir el instinto animal que me hacia aceptables los restos humanos, siquiera fuese por respeto a mi existencia anterior prometiéndome que no me faltarían mejores alimentos para subsistir.

Mi compañero no había vivido en tierra de antropófagos y era natural por lo tanto que abrigara aquellas buenas ideas, que acepté desde luego.

Cuando vi por el pasado, que el día anterior, apenas me permitía la vejez dar un paso sin el auxilio de un báculo; sentí un placer inmenso al contemplarme fuerte y vigoroso con dos alas disponibles para escalar los espacios. Indudablemente que en mi nueva condición quedaba muy por encima de la humanidad, considerada en los trabajos de la vida y en su perezoso desarrollo.

XVII

El principio de la nueva peregrinación

Ocupados estábamos aún en rizar con los picos nuestro plumaje, cuando de pronto nos sorprendió la vos de un viviente que, colocado en la parte superior de la gruta por el lado del campo, lanzó una repentina y sonora exclamación.

El instinto nos obligo a emprender el vuelo hacia el lado opuesto del barranco para alejarnos de cualquier peligro. ¡Qué hermosa y agradable me fue la primera prueba de hendir el aire y salvar aquel espacio en unos segundos! Nos colocamos a buena distancia en la rama de un árbol y desde allí pudimos ver que un hombre, seguramente el de la exclamación, corría presuroso hacia el pueblo de Jocotenango, según me indicaba el compañero.

Al poco rato, vimos regresar al mismo individuo, en unión de varios otros que me dijo que eran de la justicia, lo cual colegía por las varas o bastones borlados que dos de ellos portaban. Acercándose todos al lugar donde se encontraba el cadáver, haciendo al verle, repetidos ademanes de sorpresa y de terror.

Cuatro peones que conducían unas angarillas, alzaron cuidadosamente el cuerpo del difunto, y le colocaron en ellas con silencioso respeto. Enseguida le condujeron en hombros regresando por la misma dirección que habían traído, acompañados siempre por el sujeto que descubrió el cadáver, y que según leí en mi compañero, era un antiguo conocido y amigo.

Nosotros tomamos vuelo para seguir la comitiva que se encaminaba hacia el cabildo del pueblo, a donde llegó engrosada por una multitud que había ocurrido a la novedad del suceso.

Los conductores depositaron el cuerpo en el portal o corredor del edificio; y el secretario se apresuró a levantar el acta correspondiente, haciendo constar en ella el encuentro de aquel cadáver, y los indicios que se presentaban para presumir una defunción natural, atendida la edad del individuo, posición en que fue hallado y la carencia total de lesiones que hiciera sospechar una muerte violenta.

Yo contemplaba la escena del Cabildo con mucha curiosidad, oyendo atentamente a mi compañero, que me daba, acerca de ella, explicaciones detalladas a fin de que yo comprendiera la utilidad de aquellas primeras diligencias en la averiguación de los delitos.

El compañero parecía entender el oficio del Escribano. Poco después, la familia del difunto se abría paso por entre la apiñada multitud y se presentaba sollozando desconsoladamente a reclamar el cadáver.

Vi en el pasado que aquella era mi familia y que hacia doce horas corría desvelada en busca del deudo, que al fin encontraba, pero sin vida. Sentí no poder ofrecer el consuelo de darme a reconocer, para que viese que nada se había perdido, salvo aquel cuerpo inútil: me faltaba el uso de la palabra humana.

Obtenido el permiso, la familia hizo conducir a la casa el fúnebre hallazgo.

Nosotros seguimos a la comitiva y nos acomodamos en la azotea de la propia casa donde penetró, teniendo cuidado de precavernos contra las travesuras de los pilluelos, que abundan en ella.

Cuando mi compañero me hizo conocer que nos hallábamos en el mismo edificio que me sirviera de morada en la vida de hombre, sentí gran curiosidad por enterarme de lo que allí iba a tener lugar; pues al decir de mi pasado, presenciaríamos escenas del mayor interés y me recomendaba no perder palabra.

XVIII

Juicios del médico, de las visitas y de mi compañero

La casa comenzó a llenarse de visitantes, que acudían movidos por el deseo de averiguar las circunstancias del suceso, para luego salir cada cual a referirlas y comentarlas a su manera, según me dijo el pasado, era costumbre hacerlo entre cierta gente, que tenía en mucho poder para manchar una reputación o causar otros males, tergiversando los acontecimientos.

Entre los concurrentes, vimos llegar un caballero, vestido de negro, que con semblante indiferente y paso mesurado, se encaminó a la habitación en donde habían colocado al difunto. Era el facultativo comisionado por la justicia para examinar el cadáver y establecer la causa de la muerte.

Concluido el examen que consistió en unos cuantos toques al pulso que no latía y en unas cuantas auscultaciones a los pulmones y al corazón, el médico se pronunció gravemente, diciendo, según alcanzamos a oír: que un derrame seroso en la región del epigastrio, había lanzado los espíritus vitales lejos de aquel cuerpo y determinado por consiguiente una muerte violenta.

Observé que mi compañero cuando escucho las palabras de aquel sabio, se reía, probablemente a carcajada tendida, pues habría el pico y encorvaba el cuello convulsivamente hasta llevar la cabeza a los pies; y cuando pudo contenerse me dijo:

-Los médicos no han podido convenir jamás en que la llama de un candil se apague cuando ha consumido la última gota de aceite; les es preciso traer una gota de agua que tocó en el pabilo, una ráfaga de viento que arrebató la luz.

No hallé qué replicar a la observación del pasado, porque teniendo la experiencia que a mí me faltaba, debía suponer que aquella era la justa; aunque más adelante pude observar que mi compañero era un tanto exagerado y caprichoso en ciertos juicios.

Los curiosos comenzaban a retirarse por pequeños grupos.

Algunos salían con la duda pintada en el semblante: creían que aquella muerte repentina era el resultado de algún activo veneno. Otros se retiraban completamente indiferentes y algunos hasta risueños. Otros, pero de estos muy pocos, parecían tristes y pesarosos por el termino del pobre viejo; y por último, otros, los más, y entre ellos algunos parientes del difunto, se retiraban mal disimulando una profunda alegría, imaginando que ya mi alma rodaba por los infiernos.

Era un hereje, se decían por lo bajo, y el diablo lo ha sorprendido sin confesión: a esta hora ya sabe lo que es canela; ya sabe cuántas son cinco.

Como viese que mi compañero se destornillaba de risa a cada observación de aquellas gentes, le rogué me explicase la causa de semejante hilaridad; y conteniéndose al punto me respondió:

—¿Y como no he de reír de esos vuestros amigos y deudos, que piensan y muy formalmente, que por haber muerto sin confesión, vuestra alma se encuentra ardiendo en un lugar que llaman el infierno?

—¿Y qué cosa es confesión? — Pregunte.

—Es la declaración que un pecador hace a otro pecador, de las faltas o pecados que haya cometido en la vida, a efecto de que el pecador empedernido que los oye, perdone en nombre de Dios al que los declara. Ya ves que la operación no puede ser ni más estúpida, ni más insultante para la razón humana.

—¿Pero porque causa —repuse—, esas gentes piensan de un modo tan contrario a toda luz?

—Necesitaría hacer una larga explicación para satisfacer vuestra pregunta, y no es esta la oportunidad. Bastaos saber por ahora que ellas piensan de ese modo, porque su razón está completamente ciega y nulificada para todo discurso. El interés de una secta organizada para especular sobre el prójimo, las ha conducido a ese estado de idiotismo, mediante el cual se hace de ellas lo que interesa hacer y se las obliga a ver con los ojos cerrados y a oír con los oídos tapados.

Yo no comprendí muy bien la explicación del compañero; pero no podía dejar de comprender que si mis amigos, me creían ardiendo, se llevaban buen chasco, pues yo estaba tan fresco como ellos.

Mi compañero continuó:

—Esas gentes pertenecen a la clase de los fanáticos religiosos; son las víboras de la secta católica, que es una de las sectas mas diminutas en las religiones que se profesan en el mundo; es la gente más mala que calienta el sol, debido a que creyendo que la confesión borra los delitos, los cometen de toda clase sin temor alguno a la conciencia ni a la moral; hoy difaman roban o acecinan al prójimo, y mañana se acercan al confesionario y ya regresan como si dijéramos, con el cielo debajo del brazo....

—No prosigáis —dije a mi compañero—, que ya comprendo todo lo abominable de esas gentes.

Me miró un poco contrariado de que le interrumpiese su discurso y guardó silencio.

Yo no dejé que mi amigo prosiguiera, porque en el mismo descubría que podía engolfarse en una cuestión religiosa y me pareció que cientos asuntos no incumbían a los zopilotes, cuya religión se limita al cumplimiento del deber según sus instintos.

XIX

Nuestro primer desayuno y los apuros de la viuda

El hambre nos acometía seriamente reclamando el almuerzo que por los escrúpulos de mi amigo dejamos sin cumplimentar en la hora oportuna. Yo no era el llamado a descubrir las provisiones, en razón de mi inexperiencia; pero el compañero, después de dos o tres vistazos dirigidos hacia la cocina de la casa, pudo cerciorarse de que almorzáramos inmediatamente, y aprovechándose de la confusión que reinaba por todas partes y que era natural después de tan desagraciado suceso, bajó de la azotea con mucha circunspección y en un instante se hizo de un buen trozo de carne.

—En casa mortuoria —me dijo—, se come bien y se bebe mejor. Aprovechemos, que no muchas veces comeremos tan opíparamente.

La inmediata presencia del compañero, recordándome el paladar humano, era un obstáculo serio para que yo pudiese honrar aquel trozo de carne sin condimento, si bien muy apetitoso para la nariz de un zopilote; y a no ser porque el hambre no admitía réplica ni espera, quizá no se me ocurre dar la espalda a mi amigo, con cuya sencilla operación, ya me pareció el manjar de lo poco.

Habiendo llenado tan apremiante necesidad, pusímonos de nuevo en observación.

No tardó en aparecer por los corredores de la casa

preguntando sigilosamente por la viuda, un hombrecillo en junto y extenuado, que llevaba un par de lentes verdes sobre la corva nariz y una pluma acomodada detrás de la oreja derecha.

Hubo de llamar mi atención aquel hombre por su figura especial, y consultando con el pasado, hallé que era un Escribano y recordé que yo también había ejercitado el oficio de tal, por corto tiempo, en mi existencia antigua.

Mi curiosidad se alarmó vivamente y buscamos el puesto más favorable para enterarnos del objeto que llevaba aquella visita. Para lograrlo, contábamos por fortuna en nuestro abono, con un desarrollo maravilloso en nuestro sentido auditivo, bastándonos poner un poco de atención para distinguir perfectamente cuando se hablaba en la casa.

La viuda recibió al Escribano en una de las piezas del patio interior; por una de cuyas ventanas quedaba a nuestra vista.

El Escribano, después de un saludo reducido a una larga inclinación de cuerpo y de cabeza, se inició de la manera siguiente, antes de tomar el asiento que la viuda le designaba.

—Después de deplorar en el alma lo sucedido, vengo, señora, a ofrecer a Ud., los servicios de mi profesión.

El Escribano hizo una pausa y dirigiendo su mirada de águila por sobre los cristales de las gafas, prosiguió:

—Yo soy perro viejo...y como Ud., sabe, la experiencia es madre de la ciencia. Pero tal vez ignora

Ud., que en más de cuatro casos, yo he sido el paño donde secaron sus lágrimas viudas que, como Ud., dejaron partir a sus esposos sin que tuviesen hecho testamento.... Vengo pues a remediar tamaña omisión.... Por lo que hace a mis honorarios, no tome Ud., cuidado, que yo tengo una conciencia tan sana y limpia que no me permitiría subirlos de lo justo. ¿Qué dice Ud.?

La viuda, que en su inocencia no comprendía una palabra de aquella jerigonza, respondió con pausada voz.

—Agradezco mucho la atención de Ud. pero a la verdad, no comprendo lo que Ud. me dice y creo más bien que Ud. padece una equivocación.... Mi marido ha muerto....

—¡Oh si! —replicó el hombrecillo—, yo lo sé... y bien muerto que está; pero digo que ha fallecido intestado y que no habiendo dejado hijos, irán sus bienes a los ascendientes: que esto perjudica a Ud. Y que podemos remediar el mal haciendo que otorgue testamento.

—¿Pero cómo puede ser que haga testamento un muerto? —preguntó la viuda, ya un tanto sospechosa de aquel individuo.

—¡Oh! ¡Oh! Exclamó aquel, es la cosa más sencilla del mundo pues no será el muerto quien lo haga, si no yo, de acuerdo con Ud. para que salga a pedir de boca; y si en esto tiene Ud. algún escrúpulo, puede consultar el punto con el señor cura, quien estoy seguro aprobara mi propósito porque lo justifica sobradamente el buen fin a que se dirige, tanto más que en la disposición no dejaríamos en blanco los servicios que será necesario acordar por el alma del difunto.... En fin, si Ud. se resuelve, el testamento corre de mi cuenta y quedara Ud. muy satisfecha de él....

La viuda, después de mirar el Escribano con profunda sorpresa, le replicó:

—De suerte que Ud. señor Escribano, se propone suplantar nada menos que un testamento: un acto de los más dignos de la verdad y del respeto.... y aun se promete envolver la inocencia del señor cura en esa diabólica trama....?

—Suplantar ha dicho Ud., no es esa palabra —repuso el hombrecillo sin inmutarse—. Suplir, estaría mejor dicho, porque yo, que conocí al difunto, supongo todo lo que habría hecho por Ud. y... lo doy por hecho, y Ud. debe agradecérmelo y.... nada más.

La viuda, que poseía un gran fondo de moralidad y que era además muy sincera creyente en religión y en la santidad del señor Cura, no pudo menos que indignarse con la proposición del Escribano, a quien despidió bruscamente diciendo con mal reprimida cólera:

—Pues señor Escribano de la limpia conciencia; lo que Ud. debe agradecer a mis actuales circunstancias, es que no ocurra desde luego a la justicia denunciando su temeridad para que fuese Ud. castigado como lo merece.

—Nada adelantaría Ud. con denunciarme, porque yo daría fe de ser falso cuanto quisiese Ud. asegurar y mi palabra, es palabra de crédito, y Ud. sabe lo que vale la fe, pues sin ella no nos salvamos, ni se puede uno embarcar y.... pero veo que no nos entendemos y.... en fin, Ud. se arrepentirá.

El Escribano, que se había arrebatado ante el ademán de despedida de la viuda, dejo por fin de ensartar necedades y salió muy pagado de sus razones, con el despecho reflejado en el semblante.

En aquel momento volví la vista a mi pasado y me le encontré batiendo las alas y restregándose los pies uno con otro, como poseído de una gran satisfacción.

—¡Bravo! —exclamó—: mi esposa no dejará nunca de ser un crisol de honradez. A semejanza de ese pillo que acaba de salir, verás llegar otros muchos con el fin de sorprender a la viuda y alcanzar un jirón de los bienes del difunto.

XX

El abogado, el tinterillo, los menestrales y la gran sanguijuela

Y en efecto, vimos llegar sin interrupción y a corto espacio uno en pos de otro, un abogado, que ofrecía a la viuda sus servicios de su ciencia, para el caso de que tuviese algún pleito que enredar, gloriándose de ser en su clase, el primer sostenedor de acciones perdidas.

A este manifestó la viuda, que su difunto no dejaba negocio pendiente, ni bueno ni malo; y que por lo tanto, no tenía necesidad de enredar ni desenredar pleito alguno.

Igual despacho recibió un tinterillo que se ofrecía con el mismo fin y con mas baratura que ningún abogado, asegurando además, que nadie poseía el extenso catalogo de testigos que él, para probar toda clase de circunstancias, y especialmente la muy difícil de la coartada, en la cual eran tan diestros que podrían demostrar, en su caso, que el marido después de muerto, había pasado una o dos noches donde se quisiese o conviniese el asunto.

Observe que mi pasado lanzaba una mirada de cólera sobre aquel individuo y volviéndose a mi me dijo:

—Tienen los hombres, códigos sencillos y clarísimos para dirigir por sí mismos sus asuntos, y todavía existen los tinterillos, vampiros de los pobres.

Algunos menestrales se ofrecían también para encargarse de los pasos y obras referentes al entierro; y comenzaban por desacreditar a sus compañeros de industria, en abono de su propia actividad y diligencia.

No pusimos empeño en averiguar lo que la viuda resolvía acerca de estos; pero si me divertí bastante con la impaciencia de mi compañero, quien me decía estar mortificado de ver llegar tanta gente honrada.

Cuando pensábamos que la colección había terminado, asomó por la puerta de la calle un individuo vestido de negro; con largo levitón de paño que te llegaba a los talones, sombrero de fieltro también negro, bastón de caoba con pomo de marfil y botas de charol.

Era él tal, grueso de cuerpo y exhibía un rostro

colorado y redondo que demostraba la buena salud que proporciona una vida de ociosidad y de regalo. Llevaba la barba completamente afeitada.

—¡El cura de la parroquia! —Me dijo el compañero santiguándose con una pata y rechinando el pico—. Este pájaro no saldrá limpio como los otros, sino con su buena tajada. Este es uno de tantos dignísimos pastores, que honran cual corresponde los misterios de la religión, interpretándolos metálicamente, con arreglo al instituto de la compañía Católica mercantil a que pertenecen.

Yo no comprendí de pronto lo que mi compañero quería decir, ni el por qué daba vueltas y revueltas y se mordía las plumas de la cola con desesperación.

—No perdamos una sola palabra —me dijo—: ya veréis que este bicho es muy capaz de arrancar a la viuda hasta lo que no tiene.

Siguiendo el consejo del pasado, puse toda atención, como él lo hacía.

El individuo del levitón fue encaminado por una sirvienta, con manifestaciones del mayor respeto y deferencia, hacia la pieza donde había estado el Escribano.

A pesar del recogimiento que la imponía el duelo, la viuda salió a recibirle a la puerta, le hizo pasar adelante y le acercó ella misma un cómodo asiento, retirándole el sombrero de la mano, que colocó con mucho cuidado sobre un aparador.

El Cura dio principio a la conversación conveniente al caso y cuando estuvo arrellanado en una ancha butaca.

XXI

La viuda suple la confesión

—Considerando sus pesares —dijo—, he pasado el día y consolándome con la dulce esperanza de que la misericordia del cielo, para lo cual no hay pecador imperdonable, habrá sido provechosa al difunto, Ud. debe conformarse y reverenciar las penas que vienen de lo alto, que la paciencia y la resignación son dos grandes remedios para los grandes dolores.

—Deseaba con ansia ver a Ud. —contestó la afligida viuda—, y recibir sus consuelos. Las palabras que Ud. me ha dirigido encierran una verdad, ciertamente agradable; pero con dificultad podré consolarme de la perdida que sufro.... Era un hombre tan bueno....

Mi compañero abrió el pico al oír aquella calificación, y me dijo sonriendo maliciosamente:

—La muerte lo hace todo bueno; es una de las ganancias que logra el que muere.

El Cura prosiguió:

—Pues esa misma condición favorable, debe servir a Ud. de esperanza y de consuelo, no olvidando que para los buenos se construyó el paraíso.

—Dice Ud. la verdad, señor; pero con todo, yo tengo algunas dudas que me inquietan y sobre las cuales haré a Ud. explicaciones, por penoso que esto me sea, pues quiero que Ud. me auxilie con todo su poder, ya que Ud. tiene la dicha de ser un santo.

Mi compañero, oyendo a la viuda, se rascaba con

furia la cabeza, mientras el Cura se acomodaba con más holganza en el sillón y absorbía por las narices una buena cantidad de tabaco en polvo.

—Vamos —replicó en seguida—, que Ud. se halla seguramente preocupada; de lo contrario me pondría Ud. en cuidado.... ¿pues no dice Ud. que el difunto era tan bueno y así lo afirman muchas personas que lo conocieron y lo trataron?

—Ciertamente, señor —contestó la viuda—; mi marido fue muy bueno para con todos y en especial para conmigo. Vivió de su trabajo y cumplió con exactitud sus deberes; no hizo mal a nadie e hizo todo el bien que pudo; y por último, fue paciente y sufrido con las contrariedades y vicisitudes de la vida....

—¿Y qué más quiere Ud. señora, por amor de Dios....? ¿querría Ud. que desde la vida fuese su marido un canonizado hecho y derecho....?

—No es oro todo lo que reluce, Señor Cura; mi marido.....

—Veamos, ¿qué?

—Era muy enamorado.

—¡Ah, ah! —exclamó el Cura, sonriendo indiferente—; pecadillos de poca monta.... La naturaleza, que es incorregible en esa materia.... Los temperamentos... ¡Que! Eso no vale nada; y cuanto tenga Ud. que acusarle en el particular, queda olvidado y perdonado, siquiera sea en gracia de haber sabido conquistar las caricias de ese par de ojuelos.....

Mi compañero dio un salto repentino, como si le

hubiesen tocado con un hierro candente y exclamó lleno de asombro, dirigiéndose a mí:

—¡Cáscaras! con el señor Cura: ¿habéis oído como deja resbalar la lengua?

—Sí que le he oído —repliqué—-; y hasta me ha dado cierto temblor en el cuerpo cuando os he visto saltar a vos.

Entre tanto, la viuda, bastante ruborizada con aquella alusión personal, tan directa, como diría un parlamentario; proseguía sin embargo en su propósito de hacer explicaciones, en la esperanza de hallar remedio a sus temores y escrúpulos.

—Continúe Ud. —dijo el Cura—. Veamos de que otras graves faltas tiene Ud. que acusar al difunto.

—¡Ay señor!: bien quisiera yo que otras no hubiera pero..... Escandalícese Ud.... ¡no oía misa!

Aquí el del salto fue el Cura. Abrió desmesuradamente ojos y boca, y llevándose las manos a la cabeza, exclamó fingiendo gran sorpresa y admiración:

—¿Qué me cuenta Ud......? ¿es posible que no oyera misa? ¡desgraciado mil veces!

—Ni se confesaba, señor Cura

—¡Ni se confesaba!... pero entonces era su marido un hereje rematado, y Ud. sabe que para los herejes no hay misericordia......

—Y condenaba fuertemente a los que él llamaba malos sacerdotes, como si pudiera haber alguno que mereciese tal calificativo, después de estar consagrado —añadió la viuda sollozando......

—¿Eso más? —gritó el Cura—. No siga Ud. por Dios; la compadezco a Ud... con razón, señora, dudaba Ud... Pero explíqueme, que podía decir de nosotros ese blasfemo, ese ingrato, ese impío y desconocido,.... ¿Qué decía.....?

—¡Ay señor!, decía tales cosas, que tiemblo de participárselas a Ud. pero que tampoco quiero reservar.... Decía que ustedes, los santos padres, (con perdón de su virtuosa presencia) no eran más que unos comerciantes en religión; que ustedes sólo buscaban dinero y más dinero: que no podían ser ministros de Jesucristo, que buscaban oro, y proclamaban prácticas absurdas para venderlas a los ignorantes; que ofrecían la salvación sólo a los buenos que tienen dinero.... En fin, señor Cura, cegado mi marido por esa luz que los protestantes llaman razón; sólo aceptaba las virtudes como leyes cristianas y rechazaba todo lo demás, especialmente todo lo que era pagado..... pero considere Ud. señor, que mi marido era de frágil entendimiento y no se enoje, y antes bien, véalo con caridad para procurar su salvación.

La viuda cesó de hablar y cerró los ojos, bajó el peso de los crímenes de su difunto, que acababa de denunciar.

El Cura echaba chispas, en tanto de mi zopilote amigo bailaba de contento y reía a más no poder. Yo al verle hacia lo mismo.

XXII

La casa se quema

Sin atender a la aflicción y ruegos de la viuda, el santo Padre se alzó del asiento y dando un golpe con el bastón en el suelo, replicó sofocado por la ira:

—¿Qué no me enoje dice Ud.?... ¿Qué no me enoje contra semejante energúmeno? ¡Ah! señora; para ese y para aquellos que se le parezcan, tenemos no sólo uno, sino dos, cuatro y mas infiernos, con millares de demonios que lo merecen y torturen eternamente..... ¡Enemigo de nosotros! ¡Enemigo de la religión!, como quien no dice nada.... ¿si querría el muy necio que trabajásemos para vivir y que al mismo tiempo le anduviésemos buscando el cielo, como si el cielo fuera cosa de hallarse detrás de una puerta....? ¡Insensato! Vea Ud. señora, si será necesario, indispensable el infierno para semejante Anticristo.

—Si, señor Cura —respondió la viuda humildemente—, todo es positivo y es muy justo su enojo; pero yo confío en que poseyendo Ud., como posee las llaves con que se abren o se cierran las puertas infernales y las celestes, Ud. se dolerá de mi angustia y cerrará las del abismo para mi marido......

—No, señora ¡nunca! —interrumpió el Cura—: ¡esas puertas ya están abiertas de par en par. No hay misericordia; no hay más que condenación y fuego!

—Pero reflexione Ud. señor Cura, que soy yo la que pido y suplico; y además, que estoy dispuesta a invertir todos mis recursos, todo cuanto tengo, a cambio de conseguir ese cielo que Ud. tiene en sus manos y que no me ha de negar en esta ocasión......

Oyendo el Cura aquellas observaciones de la viuda, vimos que se esforzaba, aunque en vano, por disimular una secreta alegría. Dio dos o tres paseos por el cuarto y tomando de nuevo la poltrona, cerca de la viuda, dijo con pausada voz, aparentando gran compunción y como quien hace un gran sacrificio:

—Vamos, señora: siempre las almas grandes y virtuosas por su desprendimiento, han de conseguir que la justicia tuerza su inexorable curso. Si señora; el apego a los bienes terrenales pierde muchísimas almas; en cambio el desapego y abandono de ellos, puede salvar las almas perdidas... ¡Ah señora! Ud. posee la virtud más grande y poderosa; y yo le aseguro por mi fe, que si todos poseyesen ese impedimento, que es la verdadera caridad, podría suprimirse el infierno, ninguno sería condenado....

—Las palabras de Ud., señor Cura, envuelven una esperanza que me da aliento en mi tribulación. ¿no es cierto que Ud. le perdonara y recabara con sus preces la misericordia para mi marido y su absolución?

XXIII

El incendio se apaga y sin agua

—Puede Ud. esperar, señora; no está todo perdido desde el punto en que Ud. se ha resuelto a no omitir sacrificio para conseguirlo.

—¡Oh no, ninguno! Ya lo he dicho; todo cuanto tengo, queda desde este momento a la disposición de Ud. para que lo aplique en desagravio de tanta culpa.....

Los ojos del Cura relampagueaban de una manera vivísima. El espíritu codicioso se reflejaba en ellos con una terrible ansiedad.

Mi pasado contemplaba aquella escena con tristeza y en él podía yo leer perfectamente, toda la repugnancia de semejante negociado.

—He aquí —me dijo— el gran secreto de la religión romana, que desde hace siglos viene esquilmando a los hombres, cubierta con la capa de la religión de Cristo.

El Cura, entretanto, se ocupaba de tranquilizar a la viuda, quien, dócil hasta la ceguedad y dominada por su cándida fe, sacó de su ropero, con la mejor voluntad una buena cantidad de monedas de oro, que puso en manos del encargado de la salvación del alma que lo escuchaba todo desde la azotea.

—Bien está, señora —la decía, al mismo tiempo que precipitadamente repartía el dinero en los bolsillos—. Voy me al convento y de una vez daré principio al rezo de las oraciones de mayor privilegio, a fin de que mañana, con las exequias en que se dirá lo mas escogido, y con las misas y otros ofrecimientos, no quede mayor duda del resultado y pueda Ud. vivir tranquila.... Siempre será conveniente, por mejor seguridad, que Ud. disponga para después de algunos centenarios de misas y oficios; porque en estos casos lo que abunda no daña, y como al fin las culpas o faltas contra la religión, son tan graves, que vio Ud. el susto y el dolor que me causaron los de su marido......

—¡Oh! Sí, señor Cura —interrumpió la viuda—: yo dispondré todo lo que Ud. me aconseje, y Ud. se encargara de todo.

El Cura tomo su sombrero, y dando a su semblante un tono muy diferente del que poco antes presentaba, dijo al despedirse:

—Vamos, pues ¡alma caritativa y santa! Quede Ud. tranquila, que su marido gozará bien pronto de las delicias celestes, si no es que haya salvado ya en estos momentos los umbrales del paraíso, porque Ud. ha quebrantado la cabeza de la serpiente que le embarazaba el camino. Adiós, y hasta mañana.

Fuese el cura más que satisfecho del lance y no quedó menos satisfecha la viuda, creyendo haber realizado la conquista de mayor precio, para una alma entregada a la superstición y al fanatismo. Mi compañero, que durante la última escena, no había dejado de morderse la cola con desesperación por no serle posible desengañar a la viuda, continuaba mohido y cabizbajo, doliéndose profundamente de las victorias del absurdo sobre la candidez y la ignorancia.

Yo le saqué de su abstracción, pidiéndole me confiase sus pensamientos, pues aunque yo podía leer cuanto el pasaba, me era más apetecible oírle departir conmigo. Me miró con tristeza, exhaló un suspiro y vino a colocárseme enfrente entablando la plática que sigue:

XXIV

Un pájaro que ve claro

—Esa escena que ha pasado entre el hombre del levitón y la viuda, merece una explicación; porque sin ella, os sería difícil comprender todo lo que significa.

Mi pasado dio dos o tres paseos cerca de mí como para ordenar sus ideas y en seguida continuó:

—Los curas, o clérigos; o sea, los ministros de la religión católica, han logrado en algunas partes del mundo, como en Guatemala, hacer creer a la gente sencilla y especialmente a las mujeres, que ellos son encargados de la salvación de las almas de los que mueren. Pero has de saber que los tales clérigos o curas, son hombres, como cualquiera otros, y en general, con mas defectos y vicios que los demás hombres. Como viven en la ociosidad, se entregan fácilmente a toda la fuerza de las pasiones, siendo así que donde no hay ocupación y trabajo para entretener la vida, las costumbres se corrompen y depravan. El vicio principal en esa gente, consiste en la sed inagotable de dinero para sustentar el lujo y la molicie; y de allí que hayan hecho de la religión un bazar de mercancías, que explotan hasta donde lo permite la condición del marchante. Cuando este se haya cegado por los terrores que ellos inspiran, el comercio no deja de desear. Ellos tienen un infierno, un purgatorio y un cielo..... Ya habéis visto lo que cuesta no caer en el infierno; después vendrá la salida del purgatorio y más tarde la entrada al cielo....

—¿Pero quiénes son —interrumpí—, los que tienen que hacer en esos lugares...?

—Son las almas de los vivientes —me respondió—. Vuestra alma por ejemplo, según la viuda y el Cura , estaba para caer en el infierno, que es el peor de los lugares, a quemarse por todos los siglos....

—¿Cómo? —Exclamé—: ¿tanto riesgo he podido correr y sin saberlo...?

—No habéis corrido ningún riesgo, y esto bien lo sabe el hombre del levitón; pero no así la viuda, quien según los dogmas de la iglesia, os creía condenado a las llamas, como lo creen muchos de esos que hemos visto entrar y salir de esa casa.

—Y en qué razón os fundáis para decir que el Cura sabe que no he corrido riesgo alguno, cuando el mismo aseguraba con tanto calor, todo lo contrario?

—La razón en que me fundo es clara e incontrovertible. Ningún ser humano ha conocido ni conocerá jamás, lo que sigue después de la muerte en el destino de las almas; porque las que salen del mundo, quedan imposibilitadas como la vuestra, para comunicarse con las que quedan; y si el Cura aseguraba que estabais condenado, era solamente para asegurar mejor el dinero que se ha llevado en los bolsillos.

Mi pasado tomo un respiro y luego prosiguió:

—La iglesia a la cual os afiliaron en el mundo bajo vuestra existencia humana, tiene por base de su negocio destinar al infierno a todo el que muere, salvo los individuos del clero, que estos van siempre al cielo, porque según ellos, tienen en su poder las llaves para abrirse las puertas. Mediante algunas consideraciones de dinero, las almas destinadas al infierno, pasan al purgatorio, que es un lugar donde puede salirse en fuerza de misa y otras evoluciones que se compran con dinero. Por eso habéis visto que la viuda al soltar el oro, ya vuestro destino comenzó a mejorar; y continuara mejorando mientras más suelte.

—Esa práctica —agregó mi compañero—, es seguida aun cuando la misma Iglesia proclame que alguien ha muerto en olor a santidad, que es lo contrario del que atribuyen algunos parientes; pues lo que importa es que haya necesidad de los servicios y oraciones que pagan los deudos del difunto para librar a este del infierno o del purgatorio.

Yo escuchaba con asombro los razonamientos de mi pasado y no alcanzaba a comprender cómo los hombres dotados de inteligencia, podían admitir las fabulas de aquellos que se llamaban ministros del cielo. Pensando así no acordaba que si yo podía juzgar mejor de las cosas era debido a mi nueva situación.

—Es lástima —dije—, que no podamos sacar a la viuda de su engaño, diciéndole que no malgaste su dinero por un suceso imaginario, desconocido para todos en el mundo.

—Es mucha lástima, respondiéndome, porque serían de ver los apuros que pasarían tantísimos falsos apóstoles como hay, cuando una inesperada revelación les dejase a la luna de Valencia, es decir: sin saber que hacerse para vivir en holganza y bienestar.

XXV

Preguntas indiscretas

—Y decidme —proseguí—: ¿cuánto tiempo queda el alma esperando el efecto de las misas y oraciones, antes de marchar a la cárcel o suplicio que se le designe...?

Mi pasado oyó la pregunta con atención, me miró fijamente, se rascó la oreja con una de sus patas y después de reflexionar un momento, respondió con gravedad:

—La doctrina enseña que desde el mismo instante en que el alma se aleja del cuerpo, es presentada ante el tribunal de Dios, y juzgada y sentenciada en el acto mismo, sin más recurso ni apelación. Si le toca ir al infierno, de ahí no la sacan ni todos los ángeles juntos: si va al purgatorio, puede salir por los medios que ya os he explicado. Que valla al cielo nunca se presume, porque eso es muy difícil, salvo como ya os explique, cuando se trata de ciertas almas privilegiadas.

—Pero en todo eso —repliqué a mi pasado—, hay un grandísimo error. Si mi alma estuviese en el infierno, como ya debería estarlo en su caso, según la doctrina ¿de qué servirían las oraciones, siendo así que de allá no se sale jamás?... y si estuviera en el cielo, seria necedad pedir lo que estaba concedido.

—Pero ¿y si vuestra alma estaba en el purgatorio? —objetó mi compañero.

—En tal evento podría ser útil la plegaria; más

para no emplearla sin provecho, convendría indagar primeramente si era o no aplicable.

—La idea es lógica —dijo mi pasado—; pero de práctica muy difícil para cada caso; pues aunque la Iglesia, como dueña de las llaves pudiera saber todo eso, sucede que andan las tales llaves en tantas manos y son tantas las intrigas que se cruzan para que se abra aquí y se cierre allá, o se abra allá y se cierre aquí, que todo se ha tornado en desorden y confusión; y para no errar, la iglesia supone que todos van al infierno o al purgatorio; conducta muy prudente y sobre todo muy adecuada para asegurar la paga de las oraciones que se aplican por las almas en pena.

—Y decidme aun —agregué—, ¿en qué punto del globo o del espacio tienen su asiento esos lugares?

Mi compañero volvió a mirarme fijamente y tornó a rascarse la oreja antes de contestarme la pregunta.

—Esa cuestión —me dijo—, hoy por hoy esta enredada. Allá en los principios, cuando dichos lugares se establecieron, se sabía con certeza que los destinados al castigo estaban en lo profundo de la tierra y la gloria en el cielo.

—Pues allí deben estar todavía —repliqué.

—Así debería ser en efecto, repuso el pasado; pero ha sucedido que la ciencia en el curso de los siglos, entrometiéndose en todo, dio al mundo distinta forma de la que tenía y colocó en lo que era cielo tal baraúnda de astros y planetas, que se ha perdido completamente el hilo, y a esta fecha, ya ni el papa sabe dónde han ido a parar infierno purgatorio y cielo.

—Pero entonces ¿Cómo es que la iglesia tenga las llaves y pueda abrir y cerrar puertas, habiéndose perdido la pista?

—Confieso —dijo el compañero—, que solo un teólogo podría contestar a vuestras preguntas.

—¿Y qué cosa es teólogo?

—Los que estudian la manera de sostener el sí y el no a un mismo tiempo, y toda clase de contrasentidos.

XXVI
Resultados del mal ejemplo

Era mi intención continuar estrechando a mi compañero sobre aquellas materias, hasta conseguir una explicación satisfactoria; pero vino a cortarme la palabra del modo más brusco e inesperado, un incidente que estuvo a punto de echar por tierra mis esperanzas para el porvenir.

Engolfados como estábamos en nuestra plática, olvidándonos de toda precaución y no pudimos observar que uno de los sobrinos de la viuda, huéspedes de la casa, apostado sigilosamente detrás de una pilastra, nos tenía bajo el ojo apuntándonos con una pequeña arma, que me dijo el compañero, era arma de fuego. Cuando mi pasado descubrió al cazador, alzó repentinamente el vuelo. Yo quise hacer lo mismo por pura imitación; pero fue tarde para mí, pues un golpe violento en la cabeza me hizo rodar por la azotea aleteando tumultuosamente.

Al cabo de muchas vueltas, logré con un supremo esfuerzo, ganar la cumbre del techo; y sintiendo a pocos instantes desvanecerse la impresión que me había atolondrado, hice un esfuerzo más y pasé al techo vecino, donde mi compañero se había detenido a esperarme.

Allí me explicó lo sucedido, y era que uno de los chicos, siguiendo el mal ejemplo que yo les había dado, de disparar algunas veces sobre los inofensivos zopilotes, aprovechando la revuelta situación de la casa que favorecía la travesura, tomó el arma y vino a disparar sobre nosotros. Afortunadamente, solo me había rozado la cabeza el pequeño proyectil.

Luego de que el compañero se hubo cerciorado de que yo no estaba herido de muerte, dio unos cuantos aletazos en señal de contento, y me dijo con grave y sentencioso tono.

—El mismo mal que se hace, se recibe en pago tarde o temprano. ¿Quién hubiera dicho que un día caerías bajo el golpe de esa arma que impunemente asestabais en tu vida anterior, contra los que hoy son a toda luz vuestros más allegados prójimos? Habéis recibido una lección que aún os será útil para excusaros de ofrecer malos ejemplos; y ya que por buena suerte hemos salido bien librados esta vez, debemos ser más cautos en lo de adelante, si no queremos fracasar en nuestra peregrinación.

Mi compañero había encontrado oportunidad para ensartar un discurso y era seguro que no abandonaría fácilmente. El quería lucir su verba como algunos pretenciosos oradores de asamblea, y era preciso dejarlo expresarse, ya estuviera o no en el orden.

—El zopilote prevenido, no es combatido —prosiguió—: y sobre todo, no olvidemos que nuestra carne se aplica como remedio para curar la lepra, y nuestros cadáveres para alejar la peste de las gallinas, por el almizcle que despiden; condiciones que hacen apetecible nuestra caza.

Yo podía combatir con la historia en la mano la ultima aserción de mi pasado, probándole que los zopilotes fueran siempre respetados por los cazadores en atención a los útiles servicios que prestaban en las guerras, comiéndose los cadáveres, como en la guerra de Crimea y en la acción de la Arada, y en atención también a los servicios que prestaban en las ciudades, comiéndose otras cosas; pero no quise entrar en réplica porque habría sido como hurgar un hormiguero; y para cortarle la palabra con el posible disimulo, le dije:

—veo que tenéis muchísima razón, y no olvidaré vuestros consejos; mas observad que la noche esta encima y que debemos guarnecernos en alguna parte.

—Decís bien —repuso secamente—. Vámonos a la cueva, nuestra primitiva morada, que allí podremos dormir tranquilamente.

XXVII

El almuerzo, el paseo y las exequias

Después de un sueño de diez horas, no interrumpido por incidente alguno, despertamos con la primera luz del inmediato día, sintiéndonos hambrientos.

El olfato nos indicó que en el fondo del barranco hallaríamos la provisión necesaria para cubrir aquella necesidad.

Bajamos sin tardanza, y en efecto, encontramos allí los restos de un caballo, cercado por un centenar de semejantes o prójimos nuestros que habían madrugado a saciar el apetito. Yo me abrí lugar y me confundí entre ellos para no ver a mi compañero y poder así almorzar en calma y sin repugnancia, como lo verifiqué a las mil maravillas, pareciéndome el manjar bastante suculento.

Cuando ya satisfecho, volví a reunirme con el pasado, me decía riendo:

—«Ojos que no ven, corazón que no siente.» Este adagio, que los hombres aplican a los sentimientos del corazón, es aplicable también al estómago. Si los hombres conocieran los precedentes en el agua y en muchos de los alimentos de que se sirven, preferirían morir de sed y hambre antes de tomarlos.

Volvimos a la cueva, y después de un rato de reposo, nos dirigimos al espacio con la resolución de dar un paseo por sobre la ciudad, ejercicio que me agrado bastante, observando por mi compañero la multitud de ocasiones que en mi pasada entidad había envidiado sus alas a mis ya compatriotas zopilotes y las delicias que seguramente gozaban en sus evoluciones circulares a nivel de las elevadas nubes.

Transcurrido algún tiempo en aquella saludable y entretenida correría, el pasado me hizo notar que ya las campanas de la Iglesia de San Juan de Dios, anunciaban el principio de los oficios fúnebres consagrados a mis restos de hombre, invitándome a presenciarlos, ya que por buena suerte me hallaba en posición de juzgar por mis propios ojos, las curiosas pantomimas, mediante las cuales llegaría mi alma a las mansiones celestiales, según la oferta del Cura.

Acepté de buena gana la invitación, que ciertamente no era de despreciarse; y desde la considerable altura a que nos hallábamos, nos dirigimos hacia la Iglesia en rápido descenso, contrayendo ligeramente las alas.

Llegados al techo del edificio, elegimos para observatorio una de las ventanas del costado oriental, desde donde pudimos ver y oír perfectamente cuanto pasaba en el interior. La función dio principio con una algazara producida por los oficiantes, que, cubiertos con extraños vestidos y colocados en dos filas no lejos de la caja mortuoria, gritaban a más no poder.

Deseoso de poner al corriente de todo, puse la mayor atención para escuchar lo mejor posible; pero con mucho desagrado observe que a pesar de mi empeño yo no entendía una palabra de aquella baraúnda.

Mi compañero, notando el embarazo en que me hallaba, se apresuró a explicarme que aquellos gestos y cantos eran producidos en gesto y lengua latinos.

—Pues siento muchísimo —le dije—, no comprender nada de eso; porque yo deseaba enterarme de lo que dicen y hacen esas gentes, como se enteran los demás individuos que ocupan la nave del templo y que parecen escuchar con gusto y atención.

—Todos los concurrentes —replicó mi pasado sonriendo—, hacen ni más ni menos, lo mismo que vos hacéis: oyen la bulla, pero no entienden palabra.

—¿Y cómo se explica que vengan a escuchar con tanta atención lo que no entienden?

—Tenéis el don de proponerme observaciones intrincadas. Lástima que no podamos dirigir esa pregunta a los mismos concurrentes, porque yo no puedo contestarla. En cuanto a la Iglesia, si puedo deciros que no le conviene que se entiendan sus oficios, porque se acarrearía los irrespetos del público, y esta es la causa de que todo se diga en una lengua, que ni los mismos oficiantes comprenden, pues su misión está reducida a repetir, como los loros, lo que el libro les indica. Pero yo conozco el latín, y os explicaré en pocas palabras lo que quiere decir ese barullo.

Mi pasado, era seguramente un tesoro para mí: todo lo sabía y lo entendía y por último hasta el latín. Me dispuse a oírlo con el mayor placer, no dudando que dejaría satisfecha mi curiosidad.

—Están pidiendo a Dios —me dijo—, que os libre de las penas del infierno; y como según mis explicaciones anteriores a ese respecto, en caso de ir allá ya estuvieras ocupando vuestra celda para no salir de ella jamás, ya podéis ver que la petición, es completamente extemporánea.

—¿Y nada más? —Pregunte.

—Nada más: esa petición se repite y torna a repetirse, y todo concluye con el «Padre Nuestro», oración en que se pide el pan de cada día.

—¡El pan de cada día! —Dije—; pero eso sería para ellos, pues lo que soy yo, no me siento aficionado al pan en mi nuevo ser; prefiero la carne.

—¡Oh! —Replicó mi compañero—: en este particular, como en todo lo que se relaciona con su negocio, ellos saben lo que hacen, y cumplen a la letra aquel precepto que dice «el muerto al hoyo, y el vivo al bollo.»

XXVIII

Nuevas observaciones

Por lo que yo había visto y lo que mi compañero me enseñaba, no pude menos que contemplar con admiración la seriedad de aquellos curas que aguantaban sin reírse el mirarse los unos con los otros en aquella ridícula facha, y disponiendo a su arbitrio de los tesoros celestiales.....

—Eso mismo —dijo mi pasado penetrando mi pensamiento—, sucedía a Catón con los augures de Roma; se admiraba y con justicia de que los tales no se riesen al mirarse, cuando predecían los destinos del pueblo; lo que prueba que el buen sentido, no ha dejado de protestar contra la superchería, en todo tiempo.

Me pareció muy bien el razonamiento del pasado; y no teniendo más que indagar sobre las exequias, le llamé la atención y le rogué me dijese que significaban aquellas estatuas que se veían en los altares del templo.

—Son imágenes —me dijo—, ósea retratos en bulto de algunos seres que han existido en el mundo y cuyas almas han volado derechito al cielo.

—¿Y se les ha visto volar...? Porque en tal caso sería un hecho positivo la existencia del cielo.

—No se las ha visto; pero dicen que se conoce o se descubre que allá se han ido, mediante ciertas averiguaciones o procesos que el Papa manda seguir por cuanto bobis, y en las cuales, previa audiencia que se confiere al diablo para que declare que una alma esta en el cielo, así se otorga, *nemine discrepante*.

Como hasta entonces, sólo habíamos visto que para tener el cielo, se tocaba con los curas y no con otra persona alguna, sentí curiosidad por saber quién era ese diablo que debía tomar carta en semejante negocio, y pregunté a mi compañero:

—¿Quién es ese individuo a quien das el nombre de diablo...?

—Ya esperaba —respondió—, que quisieses indagar quién fuera el Papa o el diablo, y voy a satisfaceros. Dio algunos pasos, yendo y viniendo en corto trecho, llevando la cabeza al nivel de los pies, como zopilote que medita y no encuentra la frase necesaria para una explicación ; y alzando al cabo la cabeza, me respondió:

—El diablo, es un hijo adoptivo de los clérigos y como si dijéramos, su gran caballo de batalla. Tal como yo le he conocido y puede verse todavía en la Iglesia del Cerro del Carmen, es, si mal no recuerdo... Un demonio con cuernos sobre la frente y cola por detrás, debajo de la espina dorsal...

—¡Caracoles! Y que feo debe parecer el tal, con semejantes aditamentos....

—Ese individuo existió cuando existía el infierno; era más poderoso que Dios y tenía el encargo de arrebatar las almas y conducirlas a la mansión del fuego. Ya hoy solo existe para los que confiesan y comulgan y da mucho que hacer a los curas, pues regularmente, según dicen, se encierra en los cuerpos de las hijas de confesión, cuando estas son jóvenes y bonitas, y no tienen aquellos poco trabajo para sacarle de allí.... Por lo demás, solo los teólogos, para quienes el diablo es perfectamente conocido, pudieran dar mejor idea de un personaje que a nosotros nada nos importa, porque nada tenemos que hacer con él.

—Pero si vos habéis tenido oportunidad de conocer al diablo, no comprendo que no podáis proporcionarme acerca del, noticias más detalladas.

—Pues es muy sencillo. Yo le he visto, como os digo, mas no en carne y hueso, sino pintado; y por consiguiente, no he podido hablar ni entenderme con él, como no lo ha podido nadie que yo sepa en el mundo, salvo los curas, quienes van con él por donde quiera y reproducen su imagen....

—Veo entonces que la existencia de tal sujeto depende de la voluntad de los curas; y que siendo así, es otra de tantas patrañas; pero de todos modos, yo insisto que, si sobre las almas que van al cielo puede seguirse indagación, igual cosa debiera hacerse sobre las que van al infierno y al purgatorio, para excusar oraciones y gastos inútiles por las que ocupen el primer punto.

—Así debiera ser en efecto y ya os expliqué las razones que lo impiden; razones de mucho peso, pues son metálicas. Pero aparte de eso, hay una verdadera dificultad material para una indagación en los infiernos; y consiste en que, son tantísimos los que van allí a quemarse y se hallan entre tantas llamaradas y tanto humo y tanto plomo derretido, y que se yo cuantas cosas más, que solo aparece un grupo inmenso de cuerpos humanos ardiendo en confusión, sin destruirse jamás.

—¿Y qué —dije a mi compañero—, los cuerpos de los que mueren, no quedan acá en la tierra..?

—Es claro que sí; quedan en la tierra la mayor parte, pues algunos son consumidos por el fuego y solo dejan un puñado de cenizas, que los deudos guardan respetuosos.

—Pero entonces no se explica cómo pueden arder en el infierno o en el purgatorio sin destruirse jamás, los cuerpos que aquí quedan, ya sea íntegros o en cenizas.

—¡Ah! —dijo mi compañero—, bostezando dilatadamente, ya caigo en lo que no podéis explicaros. Vos decís: ¿cómo puede arder allá lo que aquí ya consumió el fuego en pocos instantes: o como puede arder lo que aquí guarda la tierra y arder sin destruirse jamás ?

—Esa es mi duda y desearía conocer de qué manera se verificaría tal fenómeno.

Quedo mi compañero pensativo, reflexionando seguramente en la respuesta y dijo enseguida:

—Veo que vuestra duda es muy razonable, demasiado razonable tal vez; y me declaro incapaz de resolverla; pero no creáis que un teólogo tuviera embarazo en contestárosla, que ellos saben definir otras aún más gordas. Armaos un poco de fe y vamos adelante.

No pudiendo sacar nada en limpio, deje en libertad a mi compañero para que prosiguiese sus observaciones.

—Os decía —continuó—, de la gran confusión que hay en los infiernos, por la cual es imposible dar con los individuos que los habitan. No así en el cielo, que dicen es un desierto, triste y árido, habitado solamente por unos cuantos pisotes, que han tenido recursos suficientes para mover al Papa y ganar la entrada, que cuesta un ojo de la cara.

—¿Y de dónde habéis tomado esos detalles respectivos al infierno?

—Los conozco porque he visto muchas de las pinturas que la Iglesia manda hacer de cuando en cuando para mostrarlas a los hombres, las que dicen han sido tomadas del original; y he oído además de las descripciones que de esos lugares hacen los curas.

—Pero recordad —dije a mi pasado—, que antes me habéis dicho que los curas no van al infierno?

—¡Oh! ¡Qué inocencia! No van a quemarse; pero si van de paseo, para observar si aquello anda bien.

—Vaya continuad.

—Hay otro medio de adquirir detalles positivos, pues en casos muy importantes, como sucedió con Calvino y Lutero, la Iglesia recibe aviso de hallarse en el infierno los individuos que ella ha confinado a ese punto; y aun se asegura que algunas veces, son los mismos condenados los que vienen al mundo a dar ese aviso, tornando enseguida a su puesto; bien que para entender todo esto sea necesaria la fe y en respetable dosis.

—Pues a mi juicio, muy tonto había de ser el que logrando salir del infierno de cualquier modo, se volviese allá.

—Decís eso en justicia; pero ignoráis que los curas tienen más mañas que el buey limón.

—Pues si el Obispo quisiera despachar un mensajero a saber de la suerte de mi anima, muy perplejo habría de quedar cuando le dijesen que no se hallaba en ninguno de los tres puntos designados; y mucho mas perplejos quedarían con esa noticia, aquellos que piadosamente se dan el gusto de suponerme en el mas ardoroso.

Observé que mi compañero deseaba terminar la conversación sobre esa materia y no queriendo contrariarle, le traje de nuevo al asunto de las estatuas, preguntándole.

—¿Quién es ese muchacho que figuran con alas y se carga un tecomate y un pez?

—¡Ah! —me dijo—: ese no es un muchacho; es un hablante del cielo que llegó al mundo en cierta ocasión en busca del pez y de un líquido medicinal que puso en el tecomate para curar a no sé quién en el cielo; y entonces fue que lo retrataron; pues acá en la tierra, no hay hombres con alas y sin calzones.

—¿Y aquel que tiene clavada una hacha en la frente, ¿Quién es?

—Ese fue un hombre hecho y derecho, que hizo quemar en vida, por herejes, millares de individuos, con lo cual ganó el cielo. Ese os hubiera quemado a vos cien veces, si os hubiese conocido en el mundo.

—¿Y los quemados a dónde fueron?

—Toma: al infierno a continuar la operación...

—¡Casita! —Dije—, pues el hombre del hachazo, debe ser en el cielo un verdadero infierno, si tal fue por la tierra.

XXIX

El entierro

Cuando los oficiantes estuvieron ya bien roncos y maltratados de tanto gritar, pusiéronse en movimiento todos los concurrentes con vela en mano, y cuatro o seis de ellos tomaron en hombros mi antigua casa humana para conducirla al cementerio, situado al Occidente de la propia Iglesia y no lejos de ella.

Renováronse los cantos en el trayecto y todo concluyócon otro *Pater noster* y algunos *porta inferi* pronunciados al pie de la sepultura.

Nos habíamos situado, sobre el muro del cementerio, y vimos que apenas pronunciada la última palabra, los albañiles se apoderaron de la caja mortuoria y la encerraron en una caja de cal y canto.

El pasado me hizo notar que aquella práctica de no devolver a la tierra en libre desarrollo los humanos restos, acabaría con el mundo; explicándome que la tierra fresca y removida tiene gran necesidad de ellos para su alimento y que al quitárselos de aquella suerte, se la privaba de un derecho legítimo con doble daño para la humanidad.

—¿Y cuáles serian esos daños? —Pregunté.

—El primero —dijo—, que la tierra queda falta de esos elementos para elaborar sus productos con los cuales debe nutrirse el hombre; y el segundo que al hacerse las periódicas exhumaciones de cadáveres, el aire se apodera de los miasmas que despiden y estos envenenan a los hombres.

—Debéis tener razón; más yo creo que tales inconvenientes se salvan con la quema de los cadáveres, que me habéis dicho se practica en algunas partes.

—A lo menos, se salva el riesgo de envenenar el aire; pero queda en pie la necesidad que tiene la tierra de alimentarse con esas materias orgánicas, que deberían depositarse sin caja ni cubierta alguna, a cierta profundidad, para que la descomposición se efectuase pronto, sin riesgo y con provecho para el hombre. ¡Qué trigo tan robusto, y que caña de azúcar tan selecta, se producirían luego en la tierra de los muertos!... durante nuestra vida, es probable que veamos reemplazada esta forma de sepultar los cadáveres.

Muy lejos estaba yo de imaginar que mi compañero tuviese afición por la agricultura; mas el final de su discurso me demostró lo contrario.

Satisfecha la curiosidad que nos llevara al cementerio, alzamos vuelo con ánimo de volver a nuestras evoluciones por las alturas, notando al paso que los asistentes a las exequias, se retiraban riendo alegremente y chanceando, con excepción de aquellos que habían cargado con el muerto, los cuales y con muy sobrada razón renegaban del convite, se magullaban los hombros y protestaban no volver a tomar puesto en asistencia alguna de enterramiento.

Mi pasado se mordió la lengua y yo también y proseguimos a ganar la altura, a fin de no escuchar algunas otras malas ausencias.

Allá nos reunimos con varios compañeros y permanecimos por un largo espacio de tiempo volando en circunferencia y contemplando el movimiento de los habitantes de la tierra, que apenas parecían de nuestro tamaño desde aquella altura.

XXX

Unos granos de estricnina

Al ver que muchos de los compañeros se alejaban de nosotros y descendían convergiendo a un punto de la Ciudad, de donde partía un agradable olor que excitaba el apetito, bajamos también mi compañero y yo, y nos encontramos en una calle de tránsito, pero a la sazón desierta, por hallarse aglomerada al paso una multitud de cadáveres de perros.

—Estos animales —me dijo el pasado—, son los que ha muerto la policía por medio de un veneno; medida que se pone en práctica para alejar de los hombres los riesgos de la rabia; pero en cambio de esa precaución reclamada por la salud pública, se hacinan los cadáveres dentro de la misma Ciudad, pues estamos a una cuadra del templo de San Sebastián; y cuando sopla el viento del Norte, el veneno de la putrefacción rueda sobre los habitantes, produciendo mucho más daño que el que pudiera ocasionar la rabia, por lo eventual que es el desarrollo de esa enfermedad, y porque al fin, de un perro rabioso, se puede librar de algún modo, mientras que del veneno del aire que se respira, no es posible librar. Con un poco de atención y recordando que la limpieza es lo primero para la salud, se evitaría fácilmente ese daño; pero es constante en los hombres, que, por huir de un mal, se entreguen a otros mayores.

Vi que mi compañero sabía mucho; le agradecí la explicación y le rogué no tomar de aquel alimento puesto que estaba envenenado.

—¡Ah! —me respondió—; no hay peligro alguno. Nuestros estómagos digieren perfectamente la estricnina; ese veneno es para nosotros un tónico exquisito...

Y así diciendo se abalanzó en los ojos de una de las piezas que parecía intacta.

Otros comensales se arrimaban al mismo tiempo para tomar parte en el banquete, y yo, sin perder de vista al compañero, seguía en mi propósito de abstenerme de aquella carne, tanto por repugnancia como porque a mi juicio, me envenenaría de seguro; bien que atendidas las indicaciones del pasado, a quien yo consideraba mas infalible que el Papa, no debía abrigar temor alguno.

Pero a pesar de mi protesta, en el mismo instante en que aquel se perdió entre la multitud y desapareció a mi vista, ya no hubo repugnancias ni veneno y me lance a saciar el hambre en la mesa común, pareciéndome los bocados en extremo deliciosos lo mismo que otras veces.

Mi compañero volvió luego a reunírseme y torno a reírse, como era natural, de mis repugnancias y protestas nunca sostenidas.

—La necesidad —me dijo—, no admite escrúpulos y no sin razón se ha dicho que «donde hay hambre no hay pan malo.»

Mi pasado volvía a tener razón y yo se la otorgué callado, pues él me había enseñado, que solamente los teólogos replican sin ella.

Comenzaba a anunciarse una tormenta. El viento levantaba el polvo en remolinos, y los árboles crujían al empuje de violentas ráfagas. El cielo, poco antes tranquilo y despejado, se cubría de nubes por todos sus ámbitos y un ruido sordo y pavoroso mensajero de copiosa lluvia, derramaba la alarma entre los vivientes, obligándoles a buscar próximo abrigo.

Con la mayor prisa posible y luchando contra los golpes del huracán, hicimos rumbo hacia nuestra conocida cueva, que por fortuna no estaba lejos del punto de partida, y logramos alcanzarla todavía en seco.

Duró la lluvia hasta la noche; y cuando ya nos disponíamos a meter la cabeza bajo las alas para dormir, la figura de una mujer, se presentó repentinamente delante de nosotros, vestida de luz, cual si estuviese recibiendo los resplandores del sol que nace. Tomando así de improviso, alcé el vuelo con precipitación para huir; pero di con la cabeza en el arco de la cueva y el golpe que recibí me hizo volver a tierra un tanto atolondrado.

Mi compañero permaneció impasible con no poca extrañeza mía; y fijándome en él, pude ver entonces que aquella joven era mi anterior aparecida, de la cual nada tenía que recelar. Por consiguiente, ya no pensé en escapar.

XXXI

La última visita

Sin darse por entendida de la sorpresa que me había causado su aparición, la joven me dirigió la palabra en estos términos:

—Y bien.... ¿Cómo os halláis en vuestra nueva vida y nueva habitación? Supongo que estaréis contento de veros cumpliendo ya vuestros deseos de hombre y muy satisfecho con lo que habéis descubierto hasta ahora, mediante el auxilio de vuestro pasado.

—Así es en efecto —repliqué—: estoy muy contento y satisfecho, especialmente por lo que he aprendido en orden al trance mortal...

—Que no sabéis en qué instante se operó.

—Absolutamente nada.

—Luego habréis reconocido la razón que me asistía para aseguraros que la muerte nada tiene de particular y que no debe de temérsela. Celebro pues encontraros satisfecho y contento.

—Sin embargo —dije—, debo deciros que mucho mayor fuera mi satisfacción, si lograra obtener una casa que me hace profunda falta, y sin la cual me siento incompleto.

—Ya sé lo que deseáis; pero es un deseo que yo no puedo hacer realizable. Quisierais poseer la lengua castellana.

—Lo habéis adivinado —repuse, sorprendido de aquella penetración—. Quisiera yo no solo entender la lengua castellana, sino hablarla con mucha claridad para dar cuenta al mundo de lo que llevo aprendido y presentar a mucha gente en paños menores. ¡Oh! Yo hablaría largamente con un hombre de largo levitón, que hemos visto por allí y que, si Dios no lo remedia, va a dejar a la viuda de mi otro ser sin un centavo…

—¡Pobre de vos! —contestó la joven—, si pudieseis llenar el deseo de hablar con los hombres. Bien se conoce que son extraños los peligros que envuelve la libertad de la lengua. No viviríais ya ni un día completo, después de pronunciar vuestra primera palabra en orden a los secretos de ese hombre del levitón.

—Pero, si yo quisiera decirle algo, aunque no fuese más que ¡bribón! ¡simoniaco! ¡estafador!… siquiera eso…

—Pues no le diréis nada; ni debes temer ya ninguna cosa respecto de él, ni respecto de la viuda.

—¿Y por qué?

—Porque el del levitón, pasó a unos minutos nada más, a ocupar una casa igual a la vuestra, dejando violentamente su morada de hombre, por consecuencia de un hartazgo que se dio este día con el dinero de la viuda. Ha llevado consigo su pasado, para su propio martirio, y os encontrareis y explicareis con él más adelante.

—¡Bravo¡ —exclamé saltando de gozo, sin poderlo remediar—. Veremos qué cara pone cuando yo lo interpele frente a frente.

—No hará muchas mudanzas —replicó la visión—; pues teniendo una cara igual a la vuestra, notareis que no se acomoda a raras expresiones.

—Tenéis razón —dije mirando con tristeza en mi pasado los rasgos de mi semblante—; es una lástima que no le pueda yo poner tinto de vergüenza, o amarillo de cólera y despecho... pero le daré muchos picotazos...

Mi pasado, que para nada había abierto su pico, entretenido como estaba en contemplar a la joven, me miró con rudeza cuando pronuncie aquella amenaza, y me dijo:

—Yo no le consentiré, porque la venganza es entre los hombres un espíritu abominable y desgraciado; y entre los zopilotes, debe serlo igualmente.

Sin parar atención en la moraleja del compañero, la joven prosiguió, dirigiéndose a mí:

—Vamos: supongo que por lo demás, no tenéis contrariedad que yo remedie en vuestra nueva posición, ¿no es cierto?... lleváis muchas ventajas al antiguo ser; todas las necesidades del hombre, como podéis verlo en vuestro pasado, están ahora reducidas al alimento que no os falta por donde quiera, y a un sitio para abrigaros, que podes elegirlo donde mejor os plazca; y en cuanto a las ventajas que poseéis sobre el hombre, sin contar con la de navegar por los aires, tenéis la inteligencia de aquel, unida al instinto animal, que en muchos casos vale más que la razón humana; como sucede cuando algunos ponen la suya a perpetua esclavitud, que entonces quedan residuos a entidades sin razón y sin instinto, inferiores por consiguiente a los animales que poseen este último.

—Reconozco esas ventajas —contesté a la joven—; más con todo, hallo en mi nueva entidad algunas contrariedades, si no graves, si molestas en extremo...

—Veamos...

—Es una de ellas: que teniendo delante a mi pasado en las horas de comer, detesto el alimento y siento impulso de echar las tripas....

Mi compañero hizo un gesto de burla al oír mi queja, como si quisiera decir ¡vaya un estómago fino y delicado! Y se hubiera comido al muerto...

—He ahí —dijo la joven respondiendo a mi observación—, una de las causas que me obligaron a no colocar vuestro pasado en el cuerpo que ahora ocupáis, pues si no pudierais libraros de su visita en tal circunstancia, como podéis con solo cerrar los ojos, viviríais en extremo mortificado, como va a estarlo el hombre del levitón a quien guardáis tan escasa voluntad.

—La razón que me dais es convincente y continuaré cerrando los ojos para excusar tan malos ratos; pero es el caso, que no solo en los lances de la comida me hace daño su presencia, si también cuando me muestra algunos episodios de los tiempos de mi otra juventud, como ahora lo hace con vuestra graciosa figura, recordándome los goces que no volverán y diciéndome entre dientes, o mejor dicho, entre pico:

Es la virgen de los sueños
Que te agitaron el alma,
La morena cariñosa
De fascinante mirada...

—Ese es un mal menor —replicó la joven, sonriendo dulcemente—, y podéis curarlo con igual remedio, si no basta que el mismo pasado os recuerde aquel adagio de los hombres que dice «no se hizo la miel para el pico del zope»; que es muy exacto por cierto y aplicable a vuestros prevaricadores deseos.

La observación de mi apariencia no podía dejarme satisfecho; pero no teniendo que oponer a ella, me di por conforme y proseguí diciendo:

—He visto también por mi compañero, que este mi nuevo cuerpo se parece muchísimo por la forma y por el nuevo color del vestuario, a los hombres que más daño hacen en la tierra; aquellos que, como yo, necesitan de los despojos de los vivientes para subsistir; y me causan grave molestia, tales rasgos de semejanza.

—Ya os entiendo: os réferis a los que visten ropaje negro y se aparecen donde van los muertos. No os apenéis por esa semejanza, que ellos desaparecerán muy pronto. Ya en vuestro pasado podéis ver que comienzan a mudar la pluma, como diríais vosotros, y esa pluma no se verá renovada. Y sabed que esos individuos, que antes fueron zopilotes, pasaron, por mi poder, a ser entes humanos por la forma, mas sin perder cosa alguna del instinto animal, que les obliga a alimentarse con restos humanos, preferibles con mucho a los que vosotros tomáis habitualmente.

—Siendo así —repuse—, tienen razón. Yo confieso que a no ser por mi compañero que me lo impidió, mi primer alimento zopilotudo fuera tomado de aquel viejo cuerpo donde antes me encontré.

—Vuestro pasado os impedirá siempre alimentaros con restos humanos, porque ese alimento envenena el corazón. Tampoco tendréis necesidad de apelar a ellos, pues no os han de faltar provisiones de otra clase en ningún tiempo.

XXXII

El por qué no fui convertido en canario

—Y decidme, hermosa joven, ¿hay algunas otras almas colocadas como la mía en individuos de mi actual familia? Me gustaría encontrar antiguos conocidos, para conversar con ellos.

—Son innumerables los que hay bajo vuestra figura, y también bajo la figura de todos los seres que pueblan el universo, no siendo difícil que os encontréis con algunos conocidos; pero no podréis entenderos con todos ellos, porque no todos llevan consigo su pasado, y solo podréis distinguir en un encuentro a los que lo tengan en su compañía.

—Decís que hay almas transportadas a todas clases de seres y no comprendo entonces porque habéis transportado la mía a un cuerpo de zopilote, que a la verdad no tiene nada de simpático, ni por su figura tosca y vulgar, ni por sus costumbres y carencia de cualidades que le hicieran menos inaceptable.

—Me habría sido igualmente posible —respondió la joven—, trasladar vuestro espíritu al cuerpo de un canario, por ejemplo; y os encontraríais ahora bajo los mimos y cuidados de alguna primorosa dama....

—Pues eso —interrumpí—: quizá me viera en poder de aquella morenilla de ojos negros, de quien mucho me habla mi pasado y vos misma con vuestro dulce parecido...

—Pero también os recordará vuestro compañero, que queríais prolongar la vida al largo trecho de dos siglos; y esto no podíais lograrlo sino en un lugar en que más remotos fueran los peligros y la buena salud fuera constante. Nada más seguro entonces que el cuerpo de un zopilote por el vigor de que gozan estos seres, y en donde con el auxilio de la razón que os acompaña, fácil os será prevenir todo riesgo y acechanza...

—Lo sé; mas todo fue por vuestro descuido...

—Pero estoy seguro de que, siendo un canario en vez de un zopilote, al pilluelo no se le hubiera ocurrido disparar el arma sobre mi....

—Pero transformado en canario, acaso a esta hora ya habríais servido de alimento a la voracidad del gato de la niña; habríais muerto de indigestión por una mala comida, mientras que de zopilote sabéis que no os hace mella la estricnina; o habríais perecido víctima del más leve estrujón que en un rapto nervioso os hiciesen sufrir aquellas manos de azucena, peligro de que ahora estáis muy lejos; y por último, pensad que las almas no encuentran conformidad en ningún estado de la vida y aceptad con paciencia vuestra suerte, que no puede ser mas envidiable. Vuestro compañero os está repitiendo que la felicidad completa, solo existe en el cielo, según se asegura, y ese lugar está muy distante y cerrado herméticamente.

Sin quedar del todo conforme con los juicios razonamientos de la visión, hube de resignarme a lo hecho y suspender mis observaciones, visto que no producían resultado alguno.

—Ahora —agregó la joven—, solo me resta terminar el cumplimiento de las ofertas que os hice, proporcionándoos el compañero que se encargará de explicaros satisfactoriamente los sucesos del porvenir; sucesos que sin ese auxiliar no comprenderíais, como tampoco vuestro pasado, para quien serán del todo desconocidos.....

El compañero hizo un gesto de desdén, indicando por ese medio que la idea de que otro viniese y pudiese aventajarle en sabiduría, pesaba fuertemente sobre su orgullo y vanidad de viejo. La visión no hizo alto en aquel resabio, probando así cuanto le era familiar el conocimiento de las flaquezas humanas y zopilotunas.

—¿Y donde esta ese compañero? —Pregunté—. Tengo gran curiosidad de verle.

—Llegará dentro de pocos instantes; y desde el punto en que se os reúna, comenzará a girar el tiempo, según ya os lo tengo dicho, con una velocidad de la cual no podréis daros cuenta, sino por los hechos. Cuando despertéis del sueño a que os vais a entregar ahora, os encontrareis ya con portentosas nuevas, debidas al curso de los años.

Un roce violento y un ruido idéntico al silbido del huracán, se dejo oír inesperadamente, rasgando la silenciosa calma del espacio.

Mi compañero y yo, poseídos del mayor espanto y aguijados por el instinto de salvación, corrimos hacia el fondo de la cueva, somatando las alas con estrépito. Allí nos fue posible para esquivar el peligro imaginario.

La joven no dió muestra alguna de asombro, contentándose con moverse un corto espacio hacia su derecha, como para dejar completamente franca la entrada de la cueva; y vimos entonces que un cuerpo opaco y gigantesco se detenía en el borde de la misma cueva.

La joven tornó a ocupar su mismo sitio y dirigiéndose a nosotros, que continuábamos azorados de miedo, nos dijo:

—Salid y no abriguéis recelo alguno. He aquí el compañero que os guiará en el porvenir.

XXXIII

El nuevo amigo y la despedida

Al escuchar la voz de la joven, recobré la calma y Salí de la cueva para saludar al compañero.

Este daba su frente a la visión y recibía de lleno sobre el abultado y gallardo pecho, el reflejo de la luz que aquella irradiaba. Cuando llegué a su lado, tuve que estirar vivamente el cuello y alzar mucho la cabeza para distinguir el movimiento con que la suya correspondía a mi profundo saludo.

Aquel compañero tenia, por lo menos, un volumen diez veces mayor que el mío: por consiguiente, yo parecía una miniatura delante de él. El plumaje que le vestía, era reluciente; pero su cabeza quedaba, como la mía, al descubierto y tapizada con una dermis, roja como el bermellón, que también le cubría parte del cuello. Su pico era, relativamente, más corto que el mío y encorvado con elegancia, denotando fuerza. Sus grandes alas que casi se cruzaban sobre la cola, demostraban a sí mismo, vigoroso poder. Los pies robustos y armados sus dedos de aceradas uñas, eran a mis ojos dos columnas que sostenían con mucho desembarazo la gallardía de aquel cuerpo. La mirada de extraordinario brillo, era inteligente y audaz.

Mi pasado parecía en verdad molesto con la llegada del nuevo compañero y no me costó poco hacer que se aproximase a saludarle, como era debido lo hiciese, para cumplir uno de los más inocentes preceptos de la urbanidad.

Mi pasado no seguía la costumbre fatal de los viejos, que consiste en apechugar con todo lo de su tiempo y rechazar sin examen cualquiera novedad, por más favorable que esta pueda presentarse; pero con respecto al porvenir, si rechazaba la novedad absoluta, aceptándola solamente en sentido del perfeccionamiento pues creía que en su tiempo, ya la inteligencia humana pulsaba todos los problemas que había de resolver el futuro.

Por este modo de pensar, mi viejo compañero, no había recibido sin mosquearse un tanto, las indirectas de la visión, cuando le conceptuó nulo para explicarse los sucesos del porvenir; y aun recibió con disgusto la llegada del gran huésped, que consideraba casi como un antagonista digno de mala prevención; mas luego que le saludo y pudo observar por las palabras de aquel personaje, conocedor del futuro, que esta próxima época, en toda su grandeza, no desdeñaría las conquistas del pasado y restablecería verdades antiquísimas, embolladas por la maldad de los hombres; mi compañero recobró su buen humor y ya sólo pensó en admirar la corpulencia del huésped y su apostura tan enérgica y hermosa; concluyendo por decirme:

—Si el porvenir corresponde al percusor que de él tenemos delante, es seguro que contemplaremos muy grandes cosas. El emblema que nos envía, presagia actividad, fuerza, inteligencia y belleza...

La joven aparecida, que no había pronunciado palabra desde la llegada del nuevo interlocutor, contentándose con observar en silencio nuestra sorpresa y admiración, interrumpió a mi compañero en su discurso y nos anuncio su despedida.

—Os dejo —me dijo—, sobre el camino de vuestras esperanzas.... Y no os veremos ya más. El encargado del porvenir os señalará la hora en que, fenecido el plazo de la nueva peregrinación, tornará vuestro espíritu a mezclarse al fluido de la vida universal que fecunda y sostiene la animación del mundo. Os recomiendo a los tres cultivar con esmero la paz y el cariño para que viváis unidos por esos lazos y podáis ser recíprocamente tolerantes; no olvidando que sólo por este medio lo pasareis tan cómodamente y bien, cuanto es posible. ¡Adiós!

La joven desapareció por los aires dejando en el espacio una estela esplendente que aun nos deslumbro por unos momentos, antes de disiparse en la inmensidad del cielo. Sentí que las lágrimas acudían a mis ojos y llevé a ellos una pata para enjuagarlas; pero mi pasado se apresuro a advertirme que los zopilotes no lloraban; y reconociendo la exactitud de su advertencia, guardé mi llanto en el corazón, como una ofrenda de mi gratitud hacia la hermosa aparecida, tan buena y liberal para conmigo; comprendiendo que no es merecedor de los beneficios, aquel que se olvida de agradecerlos.

Quedamos tristes y pensativos, sumidos en profundo silencio y obscuridad. Sin pronunciar una palabra, fuímonos acomodando cada cual en el sitio más aparente para entregarnos al descanso, bajo el ala protectora del hermano apacible de la muerte, el sueño; y dormimos sin cuidados ni zozobras, como no duermen y pudieran dormir los hombres, si supiesen guardar su conciencia.

XXXIV
La gran sorpresa

¿Cuántos años se deslizaron durante el sueño de aquella noche...? Imposible averiguarlo. Pero la observación del día vino a revelarme que habíamos dormido muy largamente.

Con la primera luz volvimos a la contemplación del atleta de los vientos que allí estaba en nuestra compañía rizando su plumaje. Con aquellas dos alas tan poderosas, de seguro que era fácil arribar sin esfuerzo a las cumbres del vacío celeste.

Nuestro simpático compañero nos dirigía miradas y palabras afectuosas, comprendiendo el interés y la admiración que nos inspiraba.

Después de examinarle con profunda atención, mi pasado recordó haber visto en países lejanos un individuo semejante y me dijo por lo bajo:

—Nuestro compañero es un Cóndor gigante, ave que solo gusta del espacio y de la luz; de suerte que el porvenir no puede estar mejor representado.

En aquel instante llamó mi atención un sordo rumor hacia la parte sur y oriental de la cueva, rumor muy parecido al que se produce cuando principia por la mañana, el movimiento de una gran ciudad. No habíamos escuchado antes aquel extraño ruido que crecía por momentos, ocasionándonos gran sorpresa.

Estupefacto con tal novedad y no pudiendo hallarle explicación por medio de mi pasado, quien nada sabia en el particular, dirijí la palabra al Cóndor, preguntándole que significaba aquel, para nosotros desconocido, barullo.

Sin manifestar la menor extrañeza, el Cóndor me respondió al punto:

—Hemos dormido mucho. El mundo marcha, y nosotros debemos marcharnos de este sitio si no queremos que el movimiento nos arrolle.

Y sin esperar respuesta, abrió las alas y se lanzó al espacio en majestuoso vuelo, haciéndonos espera en el aire para que pudiésemos seguirle cómodamente.

Le seguimos en efecto y apenas habíamos ganado la escasa altura que de él nos separaba ¿Cuál fue la sorpresa mía y la de mi pasado, al observar que nos habíamos dormido en la cueva de los chompipes y despertábamos en un lugar completamente desconocido, en los límites de un campo pintoresco, lleno de fuentes, estatuas, árboles y flores; y al sur, una ciudad inmensa y ruidosa, cuyos extremos se perdían en el horizonte? Mi pasado contemplaba con avidez aquel panorama, creyendo descubrir o adivinar el país a que perteneciera; mas al cabo de un rato, declarándose vencido, me dijo:

—No puede caber duda: la joven de la gruta ha querido divertirse con nosotros y aprovechando nuestro sueño, nos ha transportado a este hermosísimo lugar, que acaso sea la gran ciudad de Jauja, en donde he oído contar que las calles están empedradas con adoquines de turrón, y que los llamadores de las puertas están sustituidos por excelentes chorizos. Bueno será decender a la población, que si por fortuna nos hallamos en Jauja, almorzaríamos opíparamente. Ya casi me llega el perfume de los chorizos.

—Vais muy equivocado —dijo el Cóndor, que escuchaba nuestra plática navegando por encima y muy cerca de nosotros, como si tratase de abrigarnos con su manto de plumas—. Os equivocáis grandemente: no es la visión, sino el tiempo, quien ha cambiado el aspecto de estas regiones. Estamos contemplando una de las ciudades de la gran Republica Sudamericana; Republica que se extiende desde el territorio de Méjico hasta la Patagonia: estamos en Guatemala, patria de vuestro pasado, valientemente engrandecida y transformada por la mano del porvenir.

—Esa es la píldora que yo no engullo —me dijo el pasado muy por lo bajo, después de escuchar muy atentamente las explicaciones del Cóndor—. No hace más que veinte horas que nos refugiamos a la cueva, y en tan corto tiempo no había de cambiar nuestro país. Lo dicho: estamos encantados por la joven aparecida.

—Yo pienso lo mismo, pero recordad que debemos atenernos al juicio del Cóndor, si hemos de observar los consejos de la visión, pues él está encargado de explicarnos lo que no podamos comprender; y ya veis que vuestra experiencia no alcanza a resolver este enigma.

Picado en lo vivo mi viejo compañero, volvió a examinar con nueva atención la ciudad y el valle, y cambiando repentinamente de modo de pensar, exclamó con el mayor asombro:

—Sin embargo paréceme que el terreno o valle que tenemos a la vista, es efectivamente el de Guatemala. Las colinas del Oriente; el campo abierto al sur y los volcanes conteniendo el fondo por ese rumbo; al Oeste la cordillera de México; los barrancos de Jocotenango y el Zapote, todo el aspecto del valle en fin es el de nuestra tierra. Pero, ¡qué cambió sería este tan asombroso! Y verdaderamente incompresible....

Puse atención a las observaciones del pasado y encontré que eran fundadas. No había que dudarlo; estábamos en presencia de una curiosa transformación. Recordé entonces lo que la visión me había anticipado acerca de la carrera veloz que tomaría el tiempo y acabé por persuadirme de que a esa carrera debía atribuirse el cambio que el porvenir nos mostraba.

XXXV

Visita a la ciudad. El tren

Continuando el vuelo pausadamente, recorrimos la gran ciudad, cuya extensión me pareció de más de una legua; y la vimos con sorpresa, cuajada de construcciones limpias y elegantes y adornadas sus calles y plazas, con profusión de árboles sombríos, fuentes y flores. Por toda la ciudad se notaba tal movimiento de habitantes y vehículos, que me dijo el pasado solo se veía igual en las poblaciones de Europa, refiriéndose, por supuesto, a su tiempo.

Después de pasearnos por sobre aquel vasto recinto, hicimos alto en la cúpula de un viejo edificio, que según la indicación del antiguo compañero, debía ser el templo de Santo Domingo.

Ya acomodados en aquella altura, el Cóndor nos dirigió la palabra.

—Por lo que tenéis a la vista, podéis formaros idea de la marcha del tiempo. Cuando yo me reuní con vosotros para serviros de guía y compañero, esta ciudad no se extendía a más de una cuarta parte de su perímetro actual. Al impulso del progreso universal la encontráis ahora en tanto desarrollo, figurando como centro de un Estado populoso y sosteniendo gran comercio con el mundo. Si deseáis algunas explicaciones más, os las daré con el mayor placer.

Mientras hablaba el gran compañero, me había yo fijado en que una parte de la ciudad ostentaba muchos elevados y ruidosos edificios, en cuenta el que nos serbía de mirador; y en la otra parte, que era la mayor, no se descubría ninguno del mismo estilo, cuya irregularidad llamó mi atención, pues formaba notable contraste con el aseo y simetría de las demás construcciones. Como a este respecto, no encontré explicación en mi pasado, rogué al Cóndor que me sacase de la curiosidad.

—Nos hallamos —me respondió—, en lo que es hoy el arrabal de los templos, y antes de nuestro sueño, fuera la ciudad de Guatemala que, como lo sabe vuestro pasado, se hallaba inundada de templos católicos, con grave perjuicio de la moralidad y del trabajo. En la parte donde las construcciones se han dilatado, hay también edificios religiosos; pero de estilo y condición muy diferentes, que en otra oportunidad visitaremos.

Mi pasado escucho con interés la explicación del gran compañero y me dijo con mucha seriedad:

—El abandono de estos templos era cosa prevista y mucho celebro haber alcanzado a atestiguar su ruina. Seguro estoy de que esos nuevos edificios religiosos, han de ser cual yo me los he tenido imaginados; y si han desaparecido de esta patria, como lo supongo, aquellos que predicaban la ociosidad y condenaban la luz, nada tiene de extraño que ella se haya levantado a la cumbre del adelanto; porque habéis de saber que aquellos hombres de levitón...

Un silbido ronco y prolongado que vibró por el aire en aquel momento hizo callar a mi viejo compañero en lo mejor quizá de su discurso.

Yo me sobresalté al oírle y aun me dispuse a huir; más no así mi pasado, quien estiró el cuello tranquilamente, fijó el oído hacia el lado donde parecía venir el rumor y escuchó con mucha atención sin demostrar sorpresa alguna.

—Parece que adelantará un tren de vapor —dijo después de un momento—, pues hasta oigo ya el acompasado tranquear de las ruedas.

—Es el tren que viene del mar Atlántico con dirección al Pacifico —dijo el Cóndor en tono indiferente y como quien se refiere a cosa muy sabida.

Yo no entendía palabra; pero con una breve explicación que me hizo el pasado al mismo tiempo que brincaba y batía las alas de contento, quedé impuesto de la ejecución de tan importantísima obra y salte también de la alegría. Yo me sentí poseído de gusto y admiración al ver realizada aquella empresa grandiosa, que explicaba por sí sola el lujo y prosperidad de la población. Mis propósitos y deseos de hombre comenzaban a cumplirse, según pude observar en mi compañero.

—Es justo —me dijo, revistiendo su aspecto de la mayor seriedad—, que desde la altura de esta vieja cúpula, enviemos un tributo de gloria al iniciador de esa obra que admiramos; y os digo que desde este sitio, porque habéis de saber que si bajo esta cúpula, testigo hoy de esa gloria, se lanzasen todavía los anatemas que se lanzaban en mi tiempo contra la inteligencia y la actividad del hombre, no se escucharía aún esa respiración del gigante de fuego que devora las distancias y...

Un nuevo y más poderoso silbido vino a cortar una vez el discurso que mi pasado se proponía seguramente llevar a término.

Dirigiendo la vista al punto de llamada, pudimos ver desarrollarse por una calle próxima y cruzar velosmente entre alegre ruido, la sierpe gigantesca, que conducía dentro de sus huecos anillos el alimento comercial de un gran pueblo.

XXXVI

Un conocido

Una bandada de zopilotes descendiendo de las

alturas, vino a descansar sobre el mismo templo en que nos hallabamos.

Los individuos que la formaban tomaron puesto en diferentes puestos del edificio, menos en la cúpula. Parecían asustados o recelosos de la presencia de nuestro mensajero del porvenir, cuya mole se destacaba airosa coronando la eminencia, entretenido en acariciar con el pico su blanca pechera.

Al cabo de un buen rato de observación durante el cual aquellos prójimos no dejaron de ir y venir con mesurado pasó cerca de nosotros, dirigiéndonos al soslayo miradas investigadoras y maliciosas; vimos que uno de ellos, con mucha cautela y oído alerta, se acercó a una de las ventanas ojivales que había en el arranque de la cúpula, y alargó el cuello cuanto le fué posible, con el propósito manifiesto de examinar el interior del templo.

Nosotros le espiábamos desde arriba, y cuando estuvo cerca, mi pasado me llamó a su izquierda para decirme precipitadamente:

—Bajemos, que este es uno de los nuestros.

Yo seguí maquinalmente sus pasos, y nos colocamos a los lados del curioso zopilote, que en aquel momento retiraba la cabeza de la ventana, exhalando con un profundo y amargo suspiro.

Al encontrarse con uno de nosotros a cada lado, le vimos sobresaltarse como se sobresaltaría un delincuente que por casualidad llegase a verse estrechado por dos de nuestros policías.

Sin decidirse a dar un paso para salir de aquella situación, nuestro prójimo se limitaba a mirarnos de arriba abajo, con reconcentrada malicia.

—Os conozco —le dijo mi compañero mirándole

fijamente—. Vos habéis corrido ya por el mundo en forma de hombre.

El zopilote interpelado, lejos de sorprenderse por aquella salida, calmó su agitación y reveló en sus ojos una intensa alegría al escuchar la vos de mi pasado.

—También yo os conozco —replicó aquel, con purísimo acento zopilotuno, abriendo al mismo tiempo las alas, en intención de abrazar a mi compañero.

Este se contentó con evitar la demostración haciéndose a un lado; desaire que, como era natural, produjo en el otro muy mal efecto.

—Ante todo —dijo mi pasado—, es preciso sepamos quienes hemos sido, ya que por lo que somos, no puede caber duda. Sospecho que no hemos sido amigos y que no podremos serlo. He visto que mirabais al interior de este templo, con la avidez reflejada en los ojos y eso me indica que lleváis recuerdos de un pasado que ahora echáis de menos.

—Así es, en efecto —dijo el zopilote, lanzando un nuevo y prolongado suspiro—. Cada uno de estos edificios ha sido para mí un teatro de especulación y de placer; y los recorro todos los días evocando aquellas satisfacciones y el regalo que me proporcionaban, y me perdí cuando menos lo esperaba.

—¿Y cuál era —pregunté yo al zopilote—, el oficio que ejercíais cuando fuiste hombre?

—El mejor oficio que existía entonces en el mundo —respondiome—; el oficio de clérigo; oficio por medio del cual, venia el dinero a las bolsas sin trabajo alguno, se gozaba de todo sin más que abrir la boca.

Y era uno entre los hombres como un rey; mas que un rey, porque los reyes solo dominaban en la tierra y nosotros dominábamos tierra y cielo.

Volví la vista a mi pasado, que no perdía una palabra de la plática del interlocutor, y comprendí toda la razón de sus quejas.

—¡Ah! —continuó aquel, moviendo tristemente la cabeza a un lado y otro—; cuando yo recuerdo las delicias de mi mesa, tan abundante y delicada y comparo con ella la mesa que ahora me toca. Cuando recuerdo las encantadoras y deleitosas pláticas del confesionario, a donde ocurrían sumisas aquellas rosas de abril. Cuando recuerdo, en fin, que con un pedazo de cielo, que nada me costaba, yo tenía a mi disposición honras propias y en el honor ajeno, dinero, atenciones, puñales, venenos, etc., y comparo con aquella, la presente situación. ¿cómo no queréis que suspire por los pasados tiempos?

Hizo el desenredado una ligera pausa, mientras la voz se desanudaba de su estrecha garganta y prosiguió diciendo, ya en tono más vivo:

—Lo único que suele consolarme en esta desesperación, es el que no sólo para mi hayan terminado aquellas satisfacciones; pues observo que los que hoy se ocupan en los templos, son gentes sin alma, que con muy poco se conforman; y que, aun hay algunos tan tontos que viven de su trabajo personal....

—Egoísta, siempre egoísta —refunfuño mi compañero—. Bien decía la visión cuando aseguraba que estos individuos tenían allá el mismo instinto animal que aquí.

—Y cuando recuerdo, en fin —prosiguió el zopilote—, que con un poco de la templanza que yo predicaba, no hubiera pasado tan pronto y repentinamente a esta otra vida en que tan mal hallado me encuentro; me vienen impulsos de echarme cabeza abajo desde esta altura y acabar de una vez con la existencia.

No pudimos menos que reírnos, mi compañero y yo, al oír del pico de un zopilote aquella balaca, tan usual entre los hombres que más amaran la vida.

—¿Y desde cuando —pregunté—, habéis pasado al ser que guarda hoy vuestro espíritu?

—No puedo determinar el tiempo —respondió—; me parece que apenas fuera cosa de ayer, según es la viveza de mi memoria; pero puedo aseguraros que ha corrido un espacio muy dilatado, porque así lo demuestra las grandes transformaciones que han sufrido estos lugares, las grandes obras que se han ejecutado.

XXXVII

El del levitón

Mi compañero entró en malicia y recordándome que nuestro interlocutor, como buen discípulo de Ribalda, no tendría a mal que yo continuase interrogándole, me inclinó a proseguir la indagación, y le dije:

—Dispensad mi curiosidad; pero me gustaría saber cuál fue la causa que motivó vuestro cambio de ser cuando tan cómodamente lo pasábais.

El zopilote, pareció embarazado con mi pregunta. Bajaba la cabeza y se movía a un lado y otro sin hallar probablemente como salir del apuro. Al fin respondió:

—Os diré la causa, si me ofrecéis guardar toda reserva.

A una vos, dijimos mi pasado y yo:

—Podéis hablar sin temor, que muy pocos son los que, como nosotros saben callar un secreto, cuando su reserva no importe una traición al deber social o a la amistad.

—Nada de eso, escuchad.

El zopilote se dispuso a explicarse, dando previamente unas dos o tres tosidas a nuestro estilo o modo de toser, como parece acostumbraban hacerlo los oradores, obedeciendo unos a la ley de la cortedad y otros a la ley de la vanidad, según el juicio de mi compañero.

Cuando el otro hubo dado cumplimiento al previo requisito, comenzó su informe, que nosotros escuchamos con mucho interés hasta el fin.

—Había muerto repentinamente —nos dijo—, un individuo que, por no avenirse con nuestras doctrinas y menos con nuestras prácticas, era reputado por hereje. No creía en el infierno, y en esto, como vosotros lo veis, hacia muy honradamente. Yo le tenía por un hombre honrado y bueno, aunque improductivo para nosotros; y sabiendo por experiencia que la viuda que dejaba era un alma tímida y escrupulosa que seguía a ojo cerrado nuestra religión, me dirija a verla, en la esperanza de hacer un buen negocio por la salvación del marido.

Volví a mirar a mi pasado, y le encontré hecho una estatua delante de su interlocutor y abriendo cada vez más el pico, conforme aquel adelantaba su informe, cuya terminación era ya clara para nosotros.

—Estamos en presencia del enemigo —me dijo precipitadamente—. ¡Estad alerta!

El zopilote, sin notar nuestro embarazo, prosiguió su relato de esta manera:

—Dicho y hecho: ella misma me hizo llevar la especulación mucho más allá de lo que yo podía esperar, y salí con los bolsillos repletos de oro para oraciones, y con la seguridad de llenarlos de nuevo para gastos de misas, novenarios etc.

Oyendo el término de la narración, estuve a punto de lanzarme sobre aquel bárbaro ex-clérigo y despedazarle a picotazos; mas el pasado, interviniendo con su flema, contuvo mis iras, y me aconsejó el perdón de las injurias, tanto porque con la venganza nada remediaría del mal ocasionado, como porque la buena doctrina aconsejaba el perdón a los enemigos.

Me conformé, pues, con el consejo y me limité a interrumpir el otro, diciéndole con mal disimulada cólera:

—No prosigáis; ya sé que con el dinero de la viuda os disteis una hartada, que aniquilasteis sin pensarlo vuestra entidad de hombre. Fue vuestro merecido por vuestra mala conducta de engañar a la gente hasta esclavizarla por medio de invenciones y patrañas.

—Pero ¿Qué queríais que hiciera? —Replicó—. ¿No estaba yo, acaso, en mis derechos de profesión? ¿Había yo de descubrir los secretos del oficio para hacerlo improductivo? Esto habría sido atacar abiertamente no solo mis propios intereses, sino también los de todos mis compañeros, quienes me habrían despedazado vivo desde el momento en que yo pusiese de manifiesto, la base en que descansa nuestro *modus vivendi*... ¿A caso los mágicos o jugadores de manos descubren al público que explotan, las simplezas con que lo sorprenden... ¿Si tal hicieran, perderían el oficio. De suerte que si queréis culpar alguno, culpad a los que se dejaron embaucar.

—Tenéis razón —exclamé—; y estáis perdonado en gracia de la doctrina de aquel hereje; porque habéis de saber que era mi alma la que creía en peligro aquella viuda a quien sacasteis el dinero para salvarla.

El zopilote se fue de espaldas al oír mi declaración y en poco estuvo que cayera por la ventana al interior del templo.

Mi pasado se compadeció de él y procuró calmar su agitación y sorpresa, asegurándole que nada tenía que temer de nosotros. Entonces, aunque un tanto corrido, vino con la cabeza baja a ofrecerme sus excusas:

—Dispensadme —dijo—: si yo hubiera imaginado que podíamos encontrarnos más adelante, yo no hubiera recibido nada de la viuda y la hubiera libertado de escrúpulos...

—No habrías hecho tal —repliqué—; pero ya os dije que os perdono; no os tengo rencor, pues ya veo que no habéis tenido culpa, siendo esta solamente de los tontos que en vos creyeron. Y sobre todo, que ya me parecéis bastante castigado con vuestra nueva existencia.

Sin darle tiempo para responder, dejamos al zopilote haciendo cuentas de su pérdida y volvimos a la cúpula, donde el mensajero del porvenir se reía de nuestra plática que había escuchado perfectamente.

—Llegó, aunque tarde —nos dijo—, el tiempo de los desengaños; de llegar tenia al fin y los que soñaron con el eterno reinado de las tinieblas, se han lucido.

Mi pasado irguió el cuello y replicó con cierta satisfacción:

—Para mí, como para muchos otros de mi tiempo, esos desengaños no llegaron tarde, puesto que ya entonces preferíamos la luz a la obscuridad y augurábamos el próximo reinado de la primera por la derrota completa de la segunda.

—Os concedo —dijo el Cóndor—, que hayáis adelantado algún tiempo a esta victoria, cuya novedad absoluta no pretendo sostener.

Mi pasado estiró el cuello y sacudió ligeramente las alas en señal de hallarse lisonjeado, a su parecer, con justicia.

—Supongo —agrego el Cóndor—, que necesitaréis tomar algún alimento y preciso será que vayamos a buscarlo.

—Nosotros conocemos —dije al gran compañero—, una calle donde hay siempre abundante y fresca provisión de cadáveres de perros.

—Os equivocáis —replicó inmediatamente—. En tiempo de vuestro amigo, podría eso ser muy bien; pero al presente, la policía de la ciudad no permite ni basura, ni cadáveres de animales, ni otras inmundicias a flor de tierra.

—¡Humo! —dijo mi pasado en tono muy bajito, rascándose la oreja—: bien se conoce que no ha lidiado con nuestros policías.

El Cóndor alcanzó a oír lo que decía mi pasado, y repuso en tono seco:

—Acordaos que el tiempo marcha y no repliquéis neciamente. Os digo que la policía vela por el aseo de la ciudad; y que, para encontrar el desayuno tendremos que avanzar hasta los montes. Seguidme.

XXXVIII

Los trenes. La provisión

Volamos en dirección al Sur, admirando durante nuestra marcha el primoroso cultivo de los campos, las limpias y graciosísimas poblaciones asentadas por todas partes y los hermosos caminos, por donde, a cada instante, cruzaban veloces las relucientes locomotoras.

Por indicación de mi pasado; pedí al Cóndor que me explicase cual fuera la causa de que aquellas máquinas no despidiesen humo; y como era que pudiesen rodar con sus respectivos trenes sobre caminos sin rieles; pues acababa mi compañero de observar que no los tenían.

—Vuestro pasado —dijo el Cóndor—, no podría explicaros ninguna de esas novedades, que justamente llaman la atención, por ser unos de los muchos adelantos que se deben al transcurso del tiempo.

Mi pasado, convertido en orejas, escuchaba al gran compañero, sin pestañear, temeroso sin duda de que fuese a presentarle alguna cosa verdaderamente nueva y desconocida. Aquel prosiguió:

—La ausencia del humo en las locomotoras, que tan molesto fuera para los viajeros que ocupaban un tren en los tiempos anteriores, consiste en que se ha sustituido el nuevo motor, por ese fluido que se designa con el nombre de electricidad, alma del mundo, que da vida y movimiento a cuanto el mundo encierra, sin exceptuar los seres orgánicos.

Mi pasado, subía y bajaba la cabeza, en señal de aprobación, y como quien dice: «ya caigo en la cuenta: ya conocía el problema.»

—Respecto a la falta de rieles de hierro en los caminos, habéis de saber que ya hoy, con el uso de frenos poderosos y que fácilmente se manejan por medio de la misma fuerza eléctrica; un solo hombre dirige a su placer el giro de la locomotora y de cada carro, sin peligro de ninguna clase; y basta por lo tanto una vía medianamente nivelada y aplanada, para lanzar sobre ella un tren y para que corra como los veis correr.

Mi viejo compañero, que no consentía en quedarse con alguna de las indirectas que a menudo le asestaba el Cóndor, dijo con mucha gravedad.

—Se han aplicado a la práctica las ideas concebidas en mi tiempo. No es entonces cosa nueva pero si reconozco un adelanto que mucho me place.

Estábamos ya sobre un país montañoso. A nuestros pies se descubría un pequeño espacio cuadrado, cubierto de peladas rocas; y cerca de aquel espacio, un árbol de gigante aspecto, nos ofrecía seguro abrigo. El Cóndor nos indicó que bajásemos a esperarle, mientras él iba a buscar y traernos alimento.

Descendimos, pues, y nos colocamos en una de las ramas del árbol, en tanto que nuestro amigo se escondía tras la silueta de un monte lejano.

Mientras esperábamos el regreso del amigo, puse mi reflexión en un incidente que deseaba se me explicase por el pasado. La circunstancia de hallarnos solos, me pareció favorable para que lo hiciera a todas sus anchas, sin temor a las criticas o correcciones del gran compañero.

Era el caso que, desde que abrimos los ojos en aquel día, que para mí era un día como los otros que recordaba; había yo notado en el cielo una novedad parecida al efecto de una tormenta lejana; es decir, una sucesión de relámpagos sin truenos; pero con la rara circunstancia de que estos se dejaban ver a intervalos iguales sin ninguna alteración.

Hice, pues, notar a mi compañero el fenómeno, en la esperanza de que me lo definiese; mas desgraciadamente le encontré en el mismo caso en que yo me hallaba.

—Os declaro —me dijo—, que no comprendo lo que pasa. No he visto jamás una tempestad sostenida por tan largo tiempo, ni que hiciera sus descargas con tan invariable uniformidad.

Yo escuché con disgusto la confesión de ignorancia que hacia mi pasado y no pude menos que replicarle:

—Observo —amigo mío—, que desde la llegada del Cóndor, vuestra ciencia se ha reducido a la nulidad; y si continuáis de esa suerte, dejareis muy mal puesta vuestra decantada experiencia y sabiduría.

—¡Oh! —repuso sin alterarse—: no os extrañe mi ignorancia en el particular, pues ya os he dicho que en los asuntos de cielo arriba, todo es problemas; mas cuando se toquen otros, ya me juzgareis.

Viendo que nada adelantaba, hube de dejar la resolución de mis dudas al gran compañero.

Este apareció a poco rato por los aires viniendo hacia nosotros; y cuando estuvo colocado en dirección vertical sobre el espacio de las rocas próximo al árbol donde le esperábamos, notamos que soltaba un bulto informe que vino a despedazarse en las piedras.

Era un ternero de corta edad que el Cóndor había sorprendido en las próximas montañas; y que sujeto a sus formidables garras arrebató hacia la altura para darle muerte con la caída y ofrecernos luego un excelente refrigerio.

El gran compañero hizo su descenso con la velocidad de una flecha: llegó a donde estaba el destrozado animal y nos hizo señal para que bajásemos a participar del banquete. Pasada la comida que yo honré como de costumbre, si bien teniendo esta vez que cerrar los ojos, volvimos ya juntos los tres a tomar puesto en el árbol.

Aprovechando la ocasión, y sin hacer respicencia alguna a la ignorancia de mi compañero, para no lastimar su delicadeza; pedí al Cóndor me explicase la causa de aquel continuo relampaguear.

—Es un fenómeno —dijo—, que vuestro pasado observara por primera vez y que se explica muy fácilmente. No lo produce tempestad alguna; es el efecto de la rapidez con que se suceden los días y las noches; es la carrera del tiempo, pues cada una de esas vislumbres que se dibujan a nuestros ojos, marca el transcurso de un día; pero con tal velocidad que no alcanzamos a ver el Sol cuya luz las produce.

—Pero entonces, ¿Cómo es —dije— que nosotros, durante el curso de esos días y noches podamos estar en observación de un acontecimiento, como si lo hiciésemos en un día corriente de veinticuatro horas, sin que nuestras observaciones se interrumpan?

—Eso procede de una simple ilusión. Lo que os parece observar en un día natural, es el resultado del encadenamiento de los sucesos acaecidos en muchísimos días. La rapidez de nuestra especulación sobre lo que pasa, es igual a la rapidez del tiempo, y todas las observaciones idénticas, condensadas, producen el efecto de considerarse como hechas en un solo tiempo no interrumpido.

Oyendo mí pasado estas razones, quedó con el pico abierto de sorpresa; pues no había imaginado que de tal suerte pudiera correr el tiempo, no obstante que las mismas transformaciones que teníamos a la vista, indicaban muy claramente que su marcha debía ser velocísima.

Yo también quedé lleno de asombro con la explicación del Cóndor; y además, un tanto desconcertado, porque de ella resultaba indudablemente, que mis doscientos años de prorroga en la vida, se pasarían en dos días como aquellos, y quedarían reducidos a una mera ilusión; lo cual no era en verdad lo que yo había buscado con tanto ahínco. Pero como no estaba en mi mano corregir esa decepción, hube de resignarme a lo que viniera.

XXXIX

La pesadilla

Después de dar reposo a la comida, costumbre que parece ser muy saludable y conveniente aun para los individuos volátiles, nos invitó el Cóndor a tomar un poco de sueño; y con tal propósito, hicimos rumbo hacia la cumbre de la próxima montaña, punto elegido por aquel.

La arboleda era allí de grandes proporciones y espesísimo ramaje: el silencio, sólo era interrumpido por el susurro de una brisa perfumada y suave, que de cuando en cuando corría en ráfagas, moviendo la cresta de los árboles.

Cada cual se acomodó como mejor le plugo y dormimos otra vez sin cuidarnos del tiempo que volaba.

Aquí ella noche tuve una pesadilla cruel.

El trágico fin del ternero cuyos restos nos dieran alimento, me había impresionado de una manera terrible, a causa de la desgraciada susceptibilidad de mis nervios; y las lúgubres consideraciones que hacía sobre ese acontecimiento cuando me entregué al sueño, representaron su papel en este.

Soñé que el ternero, cobrando nueva vida, se había levantado con su propio cuerpo, como decían que lo harían los hombres en el día del juicio final; y que provisto de un par de alas, ítem más, de un picazo corvo y endentado, se había lanzado sobre mí en rápido vuelo... Soñé que me había cogido por en medio del cuerpo con su enorme tenaza, oprimiéndome las alas fuertemente; y que, elevándose a considerable altura sobre el propio sitio donde él fuera estrellado por el Cóndor, me había soltado inesperadamente... Me sentí venir dando vueltas por el aire, sin poder hacer movimiento con las alas entumecidas a causa de la presión que habían sufrido; no quedándome entonces otro recurso que cerrar los ojos y reducir mi volumen cuanto era posible, creyendo suavizar por ese medio el golpe mortal que me esperaba, deplorando al mismo tiempo la ingratitud de la suerte, que castigaba en mi la fechoría del Cóndor. Caí al fin a plomo sobre la punta saliente de las rocas y, ¡cosa extraña!, no sentí el tremendo golpe, notando solamente que mi cuerpo, cual una pelota de hule, rebotaba por las piedras haciéndome sufrir en cada rebote un ligero escozor en la cabeza.

Cuando mi cuerpo dejó de saltar, abrí los ojos y los dirigí en torno mío, lleno de espanto.

Yo esperaba encontrarme con el picazo del alado ternero, próximo a dividirme en pedazos; pero, he allí que en vez de la figura de aquel monstruo, hallé a mi lado al gran compañero, quien con su pico movía suavemente mi cabeza, diciendo:

—¡Arriba dormilón!, que el tiempo se escapa y debemos aprovecharlo, si queréis admirar las novedades que produce.

Aquel despertar fue para mí tan agradable, como debía serlo después de un sueño tan amargo y pesaroso, cuyo recuerdo vivísimo apenas me permitía creer hubiese sido una ilusión.

El pasado se encontraba cerca de mi; y recordando las escenas del día anterior y la última resolución que habíamos tomado de pasar algunas horas de sueño en la cumbre de un monte frondoso; me sorprendió naturalmente encontrarme sobre la pelada rama de un tronco vetusto y en el centro de un paraje en donde los árboles todos, aparecían comidos por la vejez.

La mirada investigadora y vaga que yo dirigía en derredor, escudriñando aquellos sitios, dio a conocer al gran compañero, la incertidumbre que me dominaba.

—¿Cómo es —le pregunté, al mismo tiempo que desperezaba mis miembros—, que habiéndonos quedado a reposar en medio de aquella fresca y hermosísima arboleda, hemos venido a despertar en este sitio donde el bosque parece consumido por una tormenta de fuego? ¿Habremos cambiado de lugar durante el sueño?

—Nada de eso —respondió el Cóndor—; nos encontramos en el mismo puesto que elegimos para descansar y dormir cuando tomamos nuestra comida última; no nos hemos desviado ni un punto del sitio que cada uno ocupó entonces; pero sucede que desde aquella hora a la presente, han transcurrido no menos de cincuenta años, tiempo más que suficiente para que los árboles que nos dieran abrigo entre sus robustas ramas, hayan terminado su carrera.

XL

El mundo marcha

—¡Cincuenta años! —exclamé—, no puede ser... Corriendo de ese modo, mi nueva vida estaría próxima a extinguirse, y yo la recibí para doscientos años.

—Pero recordad —repuso el Cóndor—, todo lo que habéis visto; haced una comparación y no encontrareis corto el tiempo.

—En efecto —agrego mi pasado—; yo recuerdo que cuando pasamos a ser lo que ahora somos, la ciudad de Guatemala contaba de existencia poco mas de cien años y no era por cierto mayor de una cuarta parte de la que vimos ayer; de manera que para que haya tomado tal extensión y desarrollo, es necesario que hayan transcurrido muchos años.

—Hace un siglo, y largo —prosiguió el gran compañero—, que comenzamos nuestra peregrinación, reunidos en aquella vuestra cueva de los chompipes, y en el curso de sólo la mitad de ese período, vísteis desarrollarse una ciudad inmensa, embellecida con todas las riquezas del arte arquitectónico; habéis visto como se cruzan por todas partes los eléctricos trenes y como aparecen los campos en grandioso cultivo; y os resta observar, como observareis enseguida, el cambio moral de este pueblo que, al presente, sin el auxilio de vuestro pasado, no podríais reconocer como pueblo de vuestro origen. Veréis como esta parte de América, que antes solamente tenía unas cuantas Republicas microscópicas, se levanta hoy fuerte por la unión y erguida por su riqueza, ante el gran pueblo del Norte, en el apogeo de su edad y de su gloria. Veréis, en fin, que ya en América no hay más de dos entidades políticas: la Republica del Norte y la Republica del Sur; naciones poderosas, mucho más que lo fueron en los pasados siglos, los imperios del viejo mundo.

La cabeza baja y demostrando a la vez duda y asombro, mi pasado escuchaba a nuestro guía con la mayor atención.

Interrogándole con la mirada, vi que se hacía interiormente este argumento: «si la sola marcha del tiempo fuera causa del progreso de las naciones, todas vivirían a la misma altura, porque los años han corrido igualmente para todas.»

Encontré de mucho peso la reflexión de mi compañero se hacía y la propuse al Cóndor para que nos la explicase.

—El tiempo —nos dijo—, es un auxiliar del cual

no se puede prescindir, ni en las grandes obras ni en las pequeñas, pero no es el único motor del progreso. En esta vuestra tierra de América y especialmente en el centro de ella, que yacía desde siglos envuelta por las sombras de la esclavitud, encadenada a la miseria y a la inercia; podía haber continuado el tiempo su carrera, sin causar la menor alteración en la vida de los pueblos, si un suceso extraordinario que vuestro pasado conoce, no hubiese ocurrido a trastornar su modo de ser. El huracán de la libertad se desató aquí mismo en un día de grata memoria; barrió el polvo de la aristocracia y abrió campo a la igualdad de los hombres desnivelada por las servidumbres; la igualdad engendró la paz y la fraternidad; vino enseguida la instrucción derramada a torrentes e inundó el país; y la instrucción engendró el amor al trabajo, del cual se produjo en progresión maravillosa, la riqueza y el adelanto que actualmente son la causa de vuestro asombro.

Torné la vista al pasado y le encontré, no ya taciturno y cabizbajo, si no con el cuello erguido y los ojos brillantes de alegría y entusiasmo.

—Tiene razón, el gran compañero —me dijo—; ahora lo comprendo todo. Ya recuerdo desde que mi tiempo, un hombre de corazón enérgico y levantado, abrió resueltamente el camino de la redención de estos pueblos, y les imprimió el primer poderoso impulso hacia la libertad y el progreso.

—De cuyo primer impulso —dijo el Cóndor interrumpiendo a mi viejo compañero—, ha venido el resultado que contempláis; porque la semilla de la instrucción comenzada a regar entonces, se multiplicó a lo infinito, invadió los ámbitos del país, todo lo regeneró a su paso y ya no perecerá.

—De manera —dijo el pasado—, que estos portentos se deben a la instrucción.

—A la instrucción, sostenida por la Libertad y madurada por el tiempo.

Luego, acercándose a mi compañero, con aire de triunfo, le acarició con una de sus alas y le interpeló de esta manera:

—¿Habríais vos imaginado en vuestro tiempo un cambio tan asombroso...? ¿Habríais pensado en la organización de la gran Republica Sudamericana....?

Aquí mi pasado se encontró herido en la delicada cuerda y era seguro que no confesaría la partida lisa y llanamente. Recapacitó un momento y dijo marcando el tono con su punto de orgullo:

—mucho más que eso; pues había pensado en la República Universal y por consiguiente, en la unidad política del mundo; ergo, lo que vemos realizado, siendo tan hermoso, no alcanza, no alcanza todavía a la mitad de lo que habrá de realizarse.

El Cóndor se mordió la lengua y guardo silencio, demostrando así que mi viejo compañero no carecía de razón.

Este dio unos cuantos pasos por la rama con aire victorioso, dirigiéndome algunas miradas significativas de su contento; inocente desahogo que podía perdonarse, después de tantas derrotas.

—Pero, vamos a otra cosa —dijo el Cóndor—. El tiempo vuela y aun nos queda mucho por ver.

Tomaremos un ligero almuerzo y volaremos enseguida a recorrer la ciudad.

—No veo —dije yo—, en dónde ni que alimento tengamos hoy para almorzar; y si ha de ser cosa de que vayáis a despenar otro ternero para hacer provisión, os suplico lo hagáis lejos, muy lejos, donde yo no lo vea, porque soy en extremo impresionable; y después de un trágico suceso, soy acometido por horribles sueños como el de que hace poco me despertasteis, y que según vuestra cuenta ha durado cincuenta años.

El Cóndor hizo un gesto de burla al escuchar mi reflexión y súplica; pero observándole mi pasado que en efecto yo sufría terriblemente con esos lances, me dijo en tono amistoso:

—No necesito ahora recurrir a aquella providencia, y así, nada temáis. Acabo de ver que en la cumbre de aquella montaña que tenemos al frente, ha caído bajo la garra de un tigre, un hermosísimo toro que pastaba descuidado bajo los árboles. Vamos allá, que a mi sola presencia la fiera huirá despavorida, dejando la presa a nuestra disposición.

XLI

Ligero percance

Esto, dicho, abrió el Cóndor repentina y violentamente su poderoso alaje para levantar el vuelo.

Mi pobre compañero, tomado de sorpresa lo mismo que yo, el uno por la izquierda y el otro por la derecha, nos vimos lanzados del sitio que ocupábamos e impelidos al mismo tiempo por el fuerte golpe que a cada cual tocó de las alas del gran compañero. Ambos a dos dimos en tierra, sin daño alguno por fortuna, debido a la poca gravedad de nuestros cuerpos.

Apenas recobrados del aturdimiento, nos apresuramos a seguir en alcance de nuestro amigo, que parecía hacernos tiempo en la altura, según era el reposo de su vuelo.

Observé que mi compañero, lejos de manifestarse incómodo como yo lo estaba por la descortesía del Cóndor, iba riéndose con la mejor gana.

—Me parece —le dije en tono serio—, que el lance de que hemos sido víctimas, no es para provocar a risa. Por mi parte le veo como un desacato y por lo mismo, no digno de celebrarse. Nuestro guía, pudo muy bien esperar que le diésemos paso para no arrollarnos sin consideración alguna como lo hizo.

—Veo que os alteráis por muy poca cosa, sin acordar que nuestro amigo es la encarnación del porvenir y que se haya revestido de actividad y fuerza para arrollar cuanto se oponga a su marcha, ya se trate de obstáculos importantes, ya se trate de dos incautos zopilotes que le embaracen el camino.

—Con todo y vuestras razones que no son malas, digo que no me parece cosa para mover a risa.

—No penséis —replicó mi compañero conteniendo su hilaridad—, que yo me reía precisamente del suceso que tanta sorpresa o susto nos diera y del cual pudimos haber salido peor librados. No: yo me río al considerar lo poco que valen las lecciones de la experiencia, cuando tan fácilmente se olvidan.

—No comprendo lo que queréis dar a entender con ese rodeo.

—Cansado estoy —prosiguió—, de haber visto a los hombres durante mi humana vida, salir como nosotros hemos salido, con su buen alazo, por andarse con descuido, poniéndose delante y embarazando a los hombres que marchaban impelidos por la fuerza del porvenir. En el instante menos pensado, los vi muchas veces rodar aturdidos y venir a tierra, sin darse cuenta, de lo que les pasaba.

—Y vos —dije a mi pasado—, ¿rodaríais también, como ellos, alguna vez?

—Yo conocía la necesidad del porvenir, y me reía de aquellos pobres incautos, creyéndome tan listo y prevenido para tener por cierto que, en igualdad de circunstancias, no me pasaría cosa idéntica. Pero llegó el caso; y pensando estar a salvo de un percance de esa naturaleza, por mi calidad de individuo volátil, como si el poder y la fuerza del porvenir no fuesen los mismos allá que aquí, olvido la experiencia y me echan a rodar por imprevisor y torpe, cuando menos lo esperaba. Ved, pues, si tengo suficiente motivo para reír.

La ingenuidad y la franqueza de mi pasado me movieron naturalmente a risa; y sus explicaciones me parecieron tan buenas, que hice el propósito de no olvidarlas de allí en lo de adelante, para evitarme otro alazo como el que acababa de sufrir.

Alcanzamos al Cóndor ya próximo a la montaña

que nos había designado.

Ni una sola palabra cambió con nosotros respecto al suceso, causa de nuestra demora, del que seguramente ni aun se apercibió. Vi en el pasado, que el porvenir marchaba sin detenerse jamás en pequeñeces, y me pareció así muy en orden.

Llegamos a la cumbre del monte, descendimos, siguiendo el rumbo que marcaba nuestro guía; y tal como este lo había penetrado con su larga vista desde tan larga distancia, encontramos que allí estaba entre la espesura del monte, al pie de un árbol copadísimo, un trigazo imponente, devorando sendos trozos de la carne de su presa.

Al ruido que produjo el Cóndor con sus grandes alas, la fiera se sobresaltó y dio de mano en el acto a su tarea; pero sin retirar del cuerpo del animal la ensangrentada garra.

Alzando luego la cabeza con movimiento majestuoso, clavó sus ojos de fuego, en el rey de los aires, que le miraba fijamente asentado en una rama; y agitando con furia la manchada cola, separó al fin la garra de su presa y dio alrededor del árbol dos o tres vueltas, como en señal de reto lanzado a su importuno enemigo.

Yo imaginé que el tigre se proponía abalanzarse al tronco del árbol y ganar de un salto la rama para emprender combate con nuestro amigo, tal era el furor de su aspecto; pero sucedió todo lo contrario, pues el tigre intimidado tal vez por la corpulencia y arrogancia del Cóndor, se decidió por la fuga y se marchó enseguida internándose por el bosque hasta perderse de vista; o como dijo el poeta según mi pasado, refiriéndose a un hombre que la echaba de matón «miro al soslayo, fuese y... no hubo nada.»

—El tigre es cobarde —observó el Cóndor—. Ya veis como se marcha sobrecogido.

Mi pasado, atento siempre a combatir las observaciones del Cóndor, intercalando las suyas, se sonrió con malicia y me dijo a media voz:

—El tigre es cobarde ciertamente, puesto que solo ataca a los individuos que está seguro de vencer; pero en esta ocasión, obra con prudencia, retirándose ante un enemigo poderoso que pudiera fácilmente apoderarse de él y despeñarle.

No cabía duda: mi pasado era un sabio, pues ponía siempre las cosas en su lugar.

Por mi parte, estuve a punto de desmayarme a vista del animal, y tanto, que así de pronto, me pareció haber descubierto en su cuerpo un par de lustrosas y fornidas alas, con cuya adicción era seguro que, a lo menos mi pasado y yo, estábamos perdidos. Por fortuna cesó mi alucinación con la fuga del tigre y con la vista del compañero, que se apresuró a explicarme satisfactoriamente la ausencia de las alas en los cuadrúpedos.

Una vez desembarazados de la mirada del sanguinario cazador, tomamos nuestro almuerzo y nos volvimos a las ramas a reposarlo tranquilamente.

Momentos después, el gran compañero nos hizo seña para que subiésemos a su lado, hacia la parte superior del árbol.

Así lo verificamos, pero colocándonos siempre

a razonable distancia, a fin de evitar lo que de nuevo pudiera acontecernos en otra violenta salida. No queríamos aparecer ante nuestro grande amigo, necios o torpes, exponiéndonos otra vez a los incidentes de un peligro ya conocido.

XLII
La caza del tigre

—Vais a presenciar —dijo volviéndose a mí—, un adelanto curiosísimo, que de seguro no ha pasado por el magen de vuestro compañero. El tigre no está lejos de aquí; un hombre viene sobre su pista y le va a dar caza. Vedle.

Y al mismo tiempo que indicaba con su enorme pico la dirección que seguía el cazador.

Entretanto mi pasado, dudando que el Cóndor quisiera mostrarnos seriamente la caza de una fiera, como espectáculo nuevo, decía con indiferencia:

—La caza del tigre por un hombre, era a en mi tiempo, juego de niños.

Volví la vista hacia el rumbo que el gran compañero me señalaba, y descubrí en efecto la figura de un hombre que adelantaba con paso tranquilo y mesurado, escudriñando atentamente la espesura del monte, como quien busca alguna cosa con mucho interés y teme al mismo tiempo ser sorprendido por lo que busca.

El individuo en cuestión llevaba asegurado a la cintura, por medio de cuatro radios, un circulo de alambre grueso, que mediría dos varas de diámetro.

Este círculo dentro del cual iba el cuerpo del hombre, comunicaba por delgados alambres con una pequeña caja que, suspendida del cuello, reposaba sobre el pecho del mismo conductor, la mano derecha de este, se agarraba en actitud cuidadosa y prevenida a un mango de cigüeña que salía por el lado derecho de la caja.

Cuando hube examinado muy despacio, el talante del cazador, volví la vista a mi pasado para consultar su opinión. Le hallé inquieto y disgustado; y respondiendo a mi consulta, dijo en tono sentencioso y sarcástico a la vez.

—Si el adelanto que se ofrece, es el de que un tigre despedace a un hombre indefenso, cosa es muy antigua también. Sin escopeta y sin perros; sin llevar siquiera un machete, y una piel de carnero que es lo bastante para vencer un tigre, ese hombre perecerá sin remedio si se encuentra con el animal; pues ese mamotreto que le rodea, más bien le servirá de estorbo aun para la fuga, que es el paso menos prudente ante una fiera.

El Cóndor oyó a mi compañero, y con acento un poco duro, replico dirigiéndose a mí.

—Vuestro pasado es incorregible. Está contemplando las maravillas de los nuevos años y todavía no desprende la vista de los suyos; lo que seguramente es bien notable, pues debiera recordar que en aquellos tiempos, de ciega fe, no era permitido dudar, ni aun del vuelo de un elefante.

Mi pasado, que no era sujeto de fe, bajó la cabeza y pasó un gran trago, seguramente de saliva, para sepultar en silencio aquel reproche; recurso muy conveniente cuando hay que habérselas con quien más puede.

—El resultado me justificará —dijo haciendo un gesto de resignación.

—Bajo aquel árbol que sobresale en la cima —prosiguió el Cóndor—, debe encontrarse el tigre asechando nuestra ausencia para volver a este sitio. Marchad y colocáis de manera que podáis ver la corta lucha; yo os esperaré aquí, porque si os acompañara, asustaría la caza. El hombre sigue por ese rumbo y van a encontrarse.

Alzamos vuelo y en unos segundos estuvimos sobre la copa del árbol que el gran compañero nos había designado.

El tigre se hallaba en efecto al pie de una gruesa encina, poco distante de la que nosotros ocupábam os.

Sorprendido ligeramente por el rumor de nuestra llegada, volvió la vista chispeante hacia nosotros, retirándola enseguida con airecillo de desprecio, cosa que a mi pasado le fue muy desagradable, tal era la susceptibilidad de su orgullo.

La fiera continuó indiferente en la misma posición, lamiéndose los labios de cuando en cuando y agitando con impaciencia la flexible cola.

Algún leve y para el tigre conocido rumor, que nosotros no alcanzamos a percibir, le obligó a ponerse de improviso sobre sus cuatro patas y a dirigir de frente el oído y la mirada con notable inquietud.

Yo temblaba de pies a cabeza observando la actitud de la fiera, y mi pasado aunque nada temía por si dejaba oír roncos graznidos, como si quisiese anunciar el peligro al cazador y prevenirle contra él.

Un instante después, apareció aquel por entre dos viejos troncos.

Con la mano izquierda ladeaba el círculo de alambre para facilitarse el paso, embarazado por los arbustos, mientras con la derecha, seguía oprimiendo el mango adherido a la pequeña caja.

Cuando vio al enemigo delante de sí, a unos veinte pasos de distancia, brilló en su rostro la alegría; manifestación que dejó confuso a mi compañero, quien esperaba en tal momento, verle caer muerto del susto. Comenzó, pues, a dudar sin dejar de temer.

—Ese hombre ha perdido el juicio —me dijo—, y es lástima que no podamos salvarle de tan segura muerte.

Vi a mi compañero tan afligido, que yo, aún sin comprender bien la inminencia del peligro en que se hallaba el atrevido cazador, me llené de grandísima tribulación participando de los temores de aquel.

El tigre, entre tanto, se echaba por tierra; y en apostura amenazadora, azotaba la cola contra el suelo y contra el cercano tronco, al mismo tiempo que, sin desprender la mirada del cuerpo de su adversario, movía el suyo convulsivamente, descubriendo en manos y pies, hileras de aceradas uñas. Cuando el individuo de la caja, avanzando lentamente, la vista fija en el animal, estuvo a diez pasos de distancia, vimos al tigre saltar sobre su presa con movimiento ligerísimo y fuerte impulso arrancado de las patas traseras.

En el mismo instante y con igual celeridad, el hombre dio una vuelta al mango de la caja, y una lista de fuego deslumbrador brotó sin detonación alguna del circulo de alambre que rodeaba su cuerpo.

Un recio estremecimiento en el árbol que nos sostenía, nos advirtió que el fuego le había tocado.

Mi compañero que en el acto, comprendió lo que había acontecido, se volvió hacia mí para decirme con cara de susto y acento de estupefacción.

—¡Le ha disparado un rayo!

Y en efecto: a la mitad del terrible salto, el tigre cayó sin vida, herido por el relámpago.

El cazador, satisfecho, se detuvo un momento a contemplar la hermosísima pieza: en seguida se desembarazó de su eléctrica armadura y se dispuso a desprender la piel del animal, con la hoja de una navaja que sacó del bolsillo; cuya operación comenzó a ejecutar sin tardanza.

XLIII

La humanidad salvada

Mi compañero guardó profundo silencio después del suceso; y esto me pareció natural, porque le consideraba corrido y avergonzado de su ignorancia.

Alzamos el vuelo para ir a donde había quedado nuestro amigo, y hasta entonces fue que el pasado abrió el pico para decirme muy cargado de razón:

—Pero no creáis que esto sea nuevo. ¡El rayo....!

Hace muchísimo tiempo que Franklin lo recogía del cielo, y lo obligaba a descender por la cuerda de un cometa de papel.

Bien merecía una réplica amarga por el tono de suficiencia con que se expresaba; pero siguiendo consejos que el propio compañero me había dado, de no alterar la amistosa armonía por cuestiones de poca monta, me contenté con callar.

—Y bien —dijo el Cóndor cuando llegamos, interpelando a mi pasado y acompañando sus palabras con burlona risa—, ¿Habéis visto ya como devora un tigre a un hombre? ¿Qué decís ahora?

Como mi compañero no respondía, por no hallar tal vez de qué manera principiar un discurso, yo me apresuré a sacarle de la dificultad, como debe hacerse entre buenos amigos, y réferi al Cóndor, en pocas palabras, el juicio que aquel había formado.

Afortunadamente la cuestión no se prolongó, en virtud de haber convenido el gran compañero en que ciertamente no era una cosa del todo nueva; y el otro en que, era un procedimiento admirable, ingeniosísimo, que alejaba todo peligro para el hombre en esa clase de combates. Continuó, pues, la buena armonía y yo saqué en limpio que el conformarse cada cual con la razón que le asista y conceder la que justamente corresponda a otro, es un medio sencillo de guardar inteligencia y paz.

—¡Soberbio! ¡Magnifico invento! —exclamaba mi pasado poseído de entusiasmo—. Ya pueden acabar los hacendados con las fieras que devoran las reces, sin temor de caer ellos mismos en la garra enemiga.

El Cóndor no pudo menos de reírse, oyendo la sentencia de mi compañero, que bien podía comprender también a los que arrebatasen terneros para almorzar suculentamente; pero sin darse por aludido le dijo a continuación:

—No es nada lo que habéis visto, pues os falta saber que al fácil manejo y aplicación del fluido eléctrico, debiese a la salvación de la humanidad, que ya en los tiempos en que vamos, no se aniquila como antes en luchas sangrientas.

Mi compañero abrió su pico hasta donde le fue posible, en señal de admiración. Eso de que las guerras estuviesen abolidas, le parecía un portento de tal magnitud que bien merecía dejarse en duda hasta el fin del mundo; pues mi viejo amigo era de los que opinaban con algún filósofo, que, el estado de guerra, procedía de naturaleza en el hombre. Así es que cuando se enteró de la nueva anunciada por el Cóndor, dijo a este:

—Sólo de un modo concibo el termino de las guerras entre los hombres; y es que se hayan olvidado de hablar y escribir; porque mientras hablen y escriban no han de faltar botafuegos; y si no, observad lo que pasa entre los animales que no hablan y veréis que las contiendas son entre ellos, eventuales y no de estado permanente.

El Cóndor hizo un gesto de fastidio al oír los disparates que discurría mi compañero; y volviéndose a mí, continuo su informe respecto al término de las guerras, explicándonos la causa de tan valiosa conquista, de esta manera:

–Hace pocos años tuvo lugar la invención del aparato que acabáis de ver funcionando. De lo pequeño se paso a lo grande, como ha sido de costumbre, y el invento fue aplicado a los usos de la guerra por una nación europea de las más belicosas, la cual creyó deber provocar una contienda con su vecina, con el solo objeto de probar en grande escala el poder del nuevo elemento, que era desconocido en esa aplicación por la nación provocada.

—Permitidme una pregunta —dijo mi pasado interrumpiendo al Cóndor—: ¿Qué causa o razón pudo alegarse para esa guerra, siendo así que sólo tenía en mira el experimento de la nueva arma?

—Sois bastante viejo y no sabéis siquiera que nada es tan abundante en el mundo, como los motivos de guerra, que se toman de cualquier cosa. Figuraos que en la nación provocada era costumbre que en cada esquina de cuadra hubiese siempre un policía clavado en ella a sol y agua, a guisa de poste. Pues bien, una tarde el policía dejó su puesto por ocurrir a contener un pleito, y esto, en los momentos precisos en que un súbdito de la nación provocadora, un tanto alumbrado por el licor, dio un tras pies y fue a estrellar sus narices en la propia esquina que debió estar ocupada por el policía. El desnarigado reclamó indemnización por daños y prejuicios al Gobierno de la esquina; pero el Gobierno se negó al reclamo alegando que ninguna culpa tenía en que el reclamante anduviera beodo y tropezara y se rompiera el alma. Como era tan claro como la luz que si el policía no abandonaba la esquina, el súbdito da contra el policía y no contra la esquina, tenéis ahí una injuria gravísima que demandaba seria reparación, un *casus belli* de los más incuestionables, conforme al derecho internacional.

Mi pasado escuchó atentamente la explicación del Cóndor y por primera vez acaso se manifestó muy de acuerdo con su interlocutor, declarándole que era muy raro ya en su tiempo, encontrar mejores fundamentos para que dos naciones se hiciesen pedazos en el campo de batalla.

—Declarada que fue la guerra, la nación provocada apronto hizo marchar al combate un ejército numerosísimo provisto del mejor armamento; en tanto que la provocadora alistaba y hacia marchar nada más que la quinta parte del numero de sus contrarios. Al avistarse ambos ejércitos en el campo de batalla, los provocados experimentaron una satisfacción inmensa, observando que el enemigo, no solo se enfrentaba con una fuerza muy reducida y por consiguiente fácil de arrollar, si no que a mas de eso, la escasa tropa no tenia armamento de ninguna clase y esperaba la batalla tendida en tierra tras unas cercas de alambre, cuyo destino u objeto no era posible descubrir. En vista de posición tan débil, los provocados, por uno de esos rasgos de generosidad propios del que lleva consigo la justicia, no se atrevieron a romper sus fuegos contra aquellas filas que parecían indefensas.

—¡Bien hecho! —Exclamó mi pasado, en un rapto de admiración—: el más fuerte debe ser siempre generoso con el débil.

El Cóndor dirigió a mi compañero una mirada afectuosa en señal de asentimiento a tan bella máxima, y le respondió enseguida:

—Estamos de acuerdo pero; es necesario ser generoso solamente con aquellos que no hayan de retornar en cambio una traición, porque serlo entonces, seria. Dejadme concluir y juzgareis.

Mi pasado no chistó palabra y vi en él, que aceptaba de buen grado la excepción propuesta, recordando que la ingratitud era entre los hombres un vicio más de lo que fuera de desearse.

El Cóndor prosiguió su relato.

—Decía que pareciendo acto de crueldad hacer fuego sobre aquellas diminutas filas, los provocados resolvieron marchar de frente en línea de batalla sin disparar un tiro y llegar así hasta el enemigo, para tomarlo como quien dice con la mano; pero cuando el diminuto ejército de la cerca de alambre vio a sus contrarios a distancia conveniente para hacer operar las descargas eléctricas, se reprodujo en grande escala lo que habéis visto en la caza del tigre. De aquellas cercas de alambre partieron de improviso, espadas larguísimas de fuego, que, cortando horizontalmente a escasa altura del suelo, derribaron en menos de un segundo cuanto hallaron a su paso. La mitad del ejército engañado quedó tendido en el campo, sin vida; y la otra mitad quedo golpeada terriblemente; en tanto que de la otra parte no se perdió ni un solo hombre.

—¡Que iniquidad! —Dijo mi pasado, dando golpes

en la rama con su ceniciento pie—. Traicionar de esa suerte a los que con ellos fueran generosos.

—Por eso os decía que no siempre es conveniente la generosidad, replicó el Cóndor.

Y prosiguiendo a terminar su relación, agregó:

—Ahora bien: conocido luego por todo el mundo, el nuevo y poderosísimo elemento de guerra, y perfeccionado al último extremo, su aplicación se ha hecho general; de manera que al presente, si se armase una contienda, perecerían cuantos figurasen en ella de uno y otro bando; por lo cual se ha concluido con el funesto recurso de la guerra, arreglándose amistosamente las cuestiones que surgen.

—Al fin tenía que suceder —dijo mi compañero, como hablando consigo mismo; pero en voz alta y dando brincos de contento.

—¿Qué cosa tenía que suceder? —preguntó el Cóndor.

—Qué las guerras concluyesen con la perfección de los elementos destructores. Ya ese resultado se esperaba desde mi tiempo.

—Vamos —me dijo el gran compañero un tanto mohíno—: está visto que vuestro pasado es un testarudo de primer orden. Si yo le afirmase ahora que nos hallamos en la luna y no en la tierra, como él lo piensa, cierto estoy de que resultaría con que ya en su tiempo se meditaba la traslación.

El pasado se conformó con bajar la cabeza y dirigirme una mirada que implicaba una rotunda negativa a semejante hipótesis.

XLIV

El correo

Nos anunció el Cóndor que había algo que observar en el espacio antes de volver por la ciudad, anticipándonos que dispusiésemos bien las fuerzas porque la jornada sería recia y larga.

Levantó su vuelo sin causarnos esta vez susto alguno, pues estábamos prevenidos, y le seguimos con algún trabajo, describiendo en los aires una espiral inmensa, para llegar a una altura, la más elevada que hasta entonces habíamos alcanzado.

Nuestra respiración era dificultosa en aquellas regiones y grande el cansancio; pero compensaba esta molestia, el rico panorama que se ofrecía en torno bajo nuestros pies. Contemplábamos un valle que, a nuestra vista perpendicular, parecía enteramente plano en un gran espacio central, poblado y cultivado en toda su extensión. Innumerables trenes de carros se veían cruzar por diferentes rutas, en vertiginoso movimiento.

Las listas de ambos mares, Atlántico y Pacifico se adherían al cielo en la línea superior, mientras se marcaban en la tierra, rielando como hilos de plata, los ríos y canales que la hicieran fértil.

El Cóndor volaba tan cercano a nosotros para mantenerse al habla, que casi rosaba con sus alas nuestras cabezas.

—No me había equivocado —exclamó a poco rato—: el correo viene. Observad en dirección al

Sur un punto negro que se dibuja en el espacio a la altura en que nos hallamos. Es el globo-correo que debe haber salido ayer del cabo de Hornos y hace su carrera hasta el estrecho de Bering, tocando en todas las ciudades del Continente.

Consulté con mi pasado, para saber a qué asunto se refería el gran compañero; y me llene de suma alegría al encontrar que se trataba, nada menos que de la realización del sueño de los aeronautas; sueño que había costado tantas vidas y desvelos, así en Europa como en América, en los pasados tiempos.

Mi compañero batía sus alas contentísimo y me aplicaba buenos picotazos en señal de plácemes, por tan famosa novedad, asegurándome que la resolución del problema de navegar por el aire «aereal navigation,» como se decía en el inglés de entonces, era un triunfo debido a las investigaciones de un portentoso talento misceláneo, centroamericano, que desde Guatemala había sorprendido a la Inglaterra, enviando la clave del enigma.

El Cóndor que lo escuchaba todo, se río de la ocurrencia de mi compañero, pareciendo disimular de buena gana aquel inocente arranque de patriotismo, cuyo fundamento era dudoso. Fijando la vista detenidamente y con cuidado pudimos distinguir al fin en la dirección señalada por el Cóndor, una pequeña mancha de forma irregular, pendiente en el espacio, que parecía adelantar con increíble celeridad.

A pocos instantes vimos claramente desprenderse de la mancha unos pequeños bultos que descendían a tierra poco a poco. Pregunté al compañero el objeto de aquella operación, me contestó:

—Es el despacho de la correspondencia, pasajeros y mercancías que el globo va dejando por medio de paracaídas en los puntos correspondientes del tránsito.

—Pero ese medio de descarga —observó mi pasado—, debe ofrecer grandes peligros. Mejor sería que el globo tocase en tierra.

—No, porque se le ocasionarían largas demoras, mientras que, por el medio adoptado lo verifica sin parar la marcha. Es verdad que hay el peligro de que se rompa un paracaídas y en consecuencia se rompa las costillas un viajero; pero esto es remoto. También hay el peligro de que al practicarse el descenso, descargue un aguacero y el aeronauta tome tierra, con más prisa de la conveniente, oprimido por el peso del agua; pero en tales casos, la descarga se verifica en el punto claro más próximo que se descubra en la atmosfera, pues el globo camina siempre por encima de la región de las nubes.

Bajamos un tanto de la altura en que nos hallábamos para tomar en vista horizontal al monstruo de los aires que ya pasaba delante de nosotros.

Observando aquella marcha tan veloz, quise indagar cual fuera la distancia que por hora recorría el globo, y el Cóndor se apresuró a satisfacer mi curiosidad informándome que hacía una carrera de trescientas millas por hora, noticia que dejó absorto a mi compañero, pues al punto hizo la cuenta de que con semejante andar de vehículo, podía darse la vuelta en noventa horas. Por lo demás vi que mi viejo compañero no mostraba mayor asombro contemplando aquel buque del espacio tan complicado en apariencia. Sin embargo, se divertía bastante observando el descenso de los pasajeros que aquí y allá se echaban de la barca a volar, suspendidos algunos por lujosísimos paracaídas que despedían brillos de colores al vislumbrar de nuestros días. Bajaban en confusión y algazara moviendo alegremente brazos y piernas y conversando con los viajeros cercanos.

Picados de curiosidad, llegamos hasta muy cerca de algunos de ellos, no sin temor de que nos saludasen con una máquina eléctrica.

Los insolentes se reían al vernos y nos dirigían palabras en tan rara lengua, que nada pudimos comprender.

Observamos que el pudor no se descuidaba por los aires, pues las señoras descendían cubiertas con sacos de telas lujosísimas, cerrados por la parte de abajo y recogidos a la cintura. Seguramente que aquella era una deliciosa manera de viajar.

El buque aéreo se alejaba de nosotros a todo escape; y siguiéndole de cerca todo el tiempo que las fuerzas de mi pasado y mías lo permitían, nos apresuramos a completar nuestras inquisiciones referentes a su forma y construcción.

Constaba el aparato, de un globo cuya tela formaba con hilos de acero y de otros metales elásticos, y también con lino y ceda, podía resistir una fuerza de mil caballos, según luego nos lo aseguró el Cóndor. La figura de globo era oval; y la barca que suspendía, era, por lo menos, tres veces mayor que aquel. La barca llevaba en sus costados dos hélices, cada una con tres grandes y muy anchas alas, que daban vuelta sobre un eje con movimiento acelerado, y llevaba además algunas velas desplegadas y otras recogidas, tanto en la parte de proa como a popa. Cuando el globo estuvo lejos de nosotros y mi compañero cansado de mirarlo, quiso que yo le pidiese al Cóndor algunas explicaciones sobre la manera o base en que el problema se había resuelto, si era que conocía el secreto.

Mi pasado pretendía confirmar seguramente, la esperanza que halagaba respecto a que, para la dirección de los globos, hubiese prevalecido el sistema de nuestro compatriota, descansado en la exactitud de aquel refrán que decía «donde menos se espera salta la liebre.»

El gran compañero, prestándose a mi súplica, comenzó a hacernos su explicación, al mismo tiempo que entrábamos lentamente a nuestro espiral descenso:

—La resolución del problema —dijo—, que con tanto afán se buscó por vuestros contemporáneos, consistía únicamente en recoger una fuerza de ascensión poderosa en el espacio más reducido posible; fundándose en que un globo pequeño, presenta menos resistencia a las corrientes de aire que cruzan el vacío. Por medio de esa fuerza, se elevaría a cierta altura una barca cuyo peso estuviese en relación con la fuerza del globo para equilibrar en tres cuartas partes la del primero; debiendo proveerse dicha barca, de las velas o de las grandes alas o hélices, que habéis visto en la que pasó. Colocado el globo en la altura conveniente por medio de toda su fuerza de ascensión; se disminuye entonces esta fuerza en términos que el globo solo preste a la barca un punto de apoyo contra la atracción terrestre; y hecha esta operación, se ponen en juego las alas y las velas, las primeras a la velocidad que convenga para mantener el equilibrio, según fuere mayor o menor la resistencia que las capas de aire ofrezcan a todo el aparato y especialmente al asiento de la barca, que es ancho y plano. El aparato marcha entonces como un buque en la mar, conservándose su posición sobre el punto o línea de altura por medio del globo, al cual se aumenta o disminuye la fuerza ascendente.

XLV
Los voladores

Mientras el Cóndor hablaba presentándonos su complicada explicación, yo atendía a mi viejo compañero y no hallé en él ninguna señal que indicase inteligencia de los pormenores referentes al sistema de la navegación aérea; pues aun cuando recordaba haber estudiado en su tiempo los elementos de la Física escritos por Varela, aquella simiente se había perdido del todo.

Quedamos pues los dos con el sentimiento de que la molestia que se había tomado el gran compañero haciéndonos su larga explicación, no hubiese bastado a alumbrar nuestra ignorancia; bien que, por puntos de mal entendido orgullo, mi pasado, y yo a su ejemplo, nos dimos por enterados y por ya capaces de dirigir un globo.

—Así es —me dijo—, como yo he visto salir a muchos ignorantes allá en mi tiempo. Eran unos topos; pero se daban aires de sapientia; y como aquellos eran tiempos de fe, al punto alcanzaban reputación de lumbreras en el saber y ya con ella podían engañar a todo el mundo.

Aunque yo hubiera preferido confesar francamente mi ignorancia, por haber visto antes en mi compañero que el producirse siempre con verdad era una de las condiciones que más enaltecían al hombre; no puse reparo a la mentirilla, considerando que nosotros no habíamos de engañar a nadie, porque fuera del Cóndor, no había quien pudiese favorecernos siquiera con un capelo que nos reputase de sabios.

Si mi compañero manifestó poco interés en la vista del buque aéreo, fue probablemente a causa de la impresión desfavorable que ocasionara en su ánimo el lujo desplegado por los navegantes del aire en aquellos grandes paraguas de tisú en los brillantísimos sacos con que las mujeres se ponían a cubierto de la curiosidad terrestre. Acerca del lujo, me dijo el compañero sentenciosamente:

—En mi tiempo, el excesivo lujo sostenido por rendir culto a las modas, echaba por tierra grandes fortunas y sumía en la miseria muchísimas familias. Era un horror ver como se sucedían las escandalosas quiebras; y noto con pesar, que ese mal continúa en pie, con perjuicio de la integridad, que siempre fue tan hermosa.

Fuera del caso me pareció aquella observación. Me proporciona replicar a ella diciendo a mi compañero que el lujo contribuía en gran parte al desarrollo del comercio y de la industria y que debía sostenerse en pro de aquellos ramos; pero no tuve tiempo para entrar en materia, porque nuestro compañero, que volaba un poco distante de nosotros, hizo seña para que apresuráramos nuestra marcha, y tuvimos que obedecerle.

—Venid a ver una partida de voladores que se acerca —me dijo—. No contaba yo con este espectáculo por ahora; y vuestro pasado quedará sorprendido altamente con una novedad que ha servido de tema aun a los sueños, y que en su tiempo solo vería en la plaza de toros y en aquellos voladores a empleos que, apenas alzado el vuelo, descendían como Ícaro, con el pegamento de las plumas derretido al calor del sol.

Sin comprender lo que el compañero nos anunciaba, pues mi pasado no se daba por entendido de hallarse en antecedentes, volvimos con ansia la mirada en busca de la novedad y solo descubrimos una porción de pájaros que volaban como nosotros sin ofrecer cosa alguna de particular.

—Veis —dijo el Cóndor—, esa falange de aves con plumaje de diversos colores, que navega aquí debajo de nosotros.

—Sí que la vemos —respondí.

—Pues son individuos de la raza humana que ensayan su vuelo, provistos cada cual, de una maquinaria parecida a la que mueve las aletas del globo.

Mi compañero torció la cabeza y miró largo rato al Cóndor, creyendo muy de veras que aquel se chanceaba al asegurar que el grupo de aves que divisábamos fuese formado por hombres; pues a su juicio, como me lo dijo por lo bajo, era una partida de guacamayos; pero no hizo observación y proseguimos escuchando al Cóndor, que nos decía:

—Hasta hoy, el vuelo de los hombres está limitado a un ejercicio que se hace por mera diversión, no obstante los gravísimos riesgos que ofrece. Estos dependen de no haberse encontrado todavía el medio de suplir la fuerza de brazos con que el volador debe auxiliarse y que, por el cansancio inmediato que produce no permite se emprendan largas jornadas para utilizar el invento aprovechando todas sus ventajas.

A medida que en nuestro descenso íbamos aproximándonos más y más a la mancha voladora, se fue presentando a nuestra vista con bastante claridad para poder distinguir que los individuos que la componían, no eran guacamayos, como mi compañero lo imagino al principio, sino verdaderos individuos de la raza humana, que, imitando en lo posible la forma y movimiento de las aves, mediante ciertos aparatos, habían logrado sostenerse en el aire. Mi viejo amigo no respiraba ni movía para nada sus abiertas alas; estaba verdaderamente estupefacto y aturdido con aquella novedad.

La bandada de pájaros–hombres, navegaba a

unas cien varas de altura sobre los edificios de la hermosa ciudad de Guatemala; y su atrevido ejercicio era contemplando por una inmensa multitud, cuyos gritos y salutaciones llegaban hasta nosotros.

—¡Ojalá —exclamó mi pasado rompiendo al fin el silencio—, que estos voladores no alcancen un término funesto! Los aeronautas y los voladores, están amenazados más que otros algunos, de venir a tierra y hacerse polvo los huesos. Todavía me erizan las plumas recordando la suerte del infortunado Flores y la no menos desgraciada de los que en mi tiempo quisieron volar sin alas.

Mi compañero prosiguió lamentándose de otras desgracias; y entretanto, llegamos hasta confundirnos con los pájaros, objeto de nuestro asombro y curiosidad.

Formaban la falange, unos treinta o cuarenta jóvenes, todos ellos robustos y bien conformados.

Asegurada la cintura y metido el cuerpo adentro, llevaba cada cual una rueda cubierta de aletas en su contorno, cuya rueda se movía con gran velocidad. Una especie de reguilete, atado a los pies se movía también velozmente; y por medio de palanquillas horizontales sujetas a una barra que pasaba por encima de la cabeza, cada volador ponía en juego con sus brazos, dos alas blancas bien formadas y de alguna extensión, imprimiéndoles un balance acompasado de arriba abajo. A lo largo de la espalda y sobre las piernas, se notaban dos cilindros relucientes y de diámetro proporcionado, en donde seguramente se elaboraba la fuerza motriz de los volantes.

Aquella partida de hombres aves, no parecía soportar fácilmente tan duro ejercicio, pues cuando nos acercamos a ellos, pudimos observar que iban agobiados por el cansancio y la fatiga, según era de jadeante su respiración.

La presencia del Cóndor les afligía tal vez. Todos le miraban con terror, esforzándose inútilmente por huir del formidable enemigo que en momento tan inesperado les salía al paso.

El Cóndor se divertía mirando sus evoluciones y acercándose a nosotros nos dijo:

—Los hombres no irán más allá en el problema del vuelo. Solamente los jóvenes alcanzan a resistir, y esto por pocos minutos, la fatiga que les ocasiona el movimiento de los brazos, de cuyo empleo no ha podido prescindirse porque sin ellos no se graduaría como corresponde la fuerza y dirección de la marcha; y es además un ejercicio que demanda largo aprendizaje.

XLVI

¡Hombre a tierra!

Los detalles que nos comunicaba el Cóndor quedaron cortados repentinamente por un grito horrible y angustioso que partió de la banda de los voladores; y en el mismo instante vimos que nuestro gran compañero, cerrando el cuerpo, se dirigía con la ligereza del rayo tras un individuo que, habiendo soltado la palanca de las alas delanteras y perdido la posición horizontal, seguía a tierra de cabeza, sostenido apenas por los volantes de las ruedas de la cintura y de los pies.

Mi pasado me dijo con la voz entrecortada por el susto:

—¡Hombre al agua! Corramos a salvarle.

Mi compañero, así de pronto, se creyó tal vez navegando en la mar, cuando gritaba instintivamente ¡hombre al agua! En vez de gritar ¡hombre a tierra! O ¡pájaro a tierra!

Pero de todos modos, su deseo y su intención a favor del naufrago del aire, eran enteramente inútiles, no sólo porque nada podíamos nosotros para salvarle, sino porque cuando el lanzó el grito de alarma, ya nuestro Cóndor, dando alcance en un momento al hombre-pájaro y tomando en sus poderosas garras la misma palanca que el abismado volador abandonara, pudo llevarle a su sitio próximo y culminante de tierra, no sin que le viésemos hacer grande esfuerzo, por la resistencia que le oponía la rotación del aparato principal, que no cesó de moverse mientras estuvo por el aire.

Nosotros nos reunimos a él con prontitud, aguijoneados por la ansiedad que nos produjo aquel siniestro.

Encontramos al joven aeronauta completamente desmayado y casi sin vida; pero vuelto en sí a poco rato; fue su primer movimiento tirarnos de manotadas tan pronto como nos descubrió cerca de él, haciendo esfuerzos con nuestros picos por librarle del aparato que parecía no dejarle movimiento.

Por indicación del Cóndor nos alejamos de aquel punto, yendo a colocarnos sobre la torre de un edificio inmediato.

Corrido por las demostraciones nada amistosas del infortunado volador, mi compañero se retiró con el enojo pintado en el semblante, cuanto en lo negro era posible reflejarse, y así que hubimos tomado puesto, me dijo con su acento magistral:

—Verdad es que el hombre adelanta por el camino de los progresos adivinados de antemano, como lo vemos a cada paso; pero es triste observar que, bajo ciertos respectos, no avanza una sola línea. La familia humana, continua observando las leyes de la ingratitud, pagando el bien con el mal, lo mismo todavía que en mi tiempo.

Era claro que mi compañero se refería a las manotadas de nuestro protegido.

—Oí —prosiguió diciendo—, como el tunante que hemos salvado de una muerte segura, llama a sus compañeros y les exitó para que ataquen a nuestro grande amigo, en premio de haberle detenido en la tremenda caída. Este es el colmo de la ingratitud y veo con pesadumbre que, tan triste condición, sea todavía un distintivo del corazón humano....

Al Cóndor hizo gracia la candidez con que mi compañero hablaba en plural de la salvación del volador, como si nosotros hubiésemos tomado parte en ella de otro modo que con el deseo, y replicándole dijo:

—No toméis a ingratitud lo que aquel haya dicho o hecho; pues por lo que hace a mí, es solamente un sentimiento de simple curiosidad el que lo obliga a pedir que me atrapen; bien sabéis que no soy de esta tierra y mi presencia es causa de admiración y novedad; y en cuanto a vosotros, el volador os tiro de manotadas, temeroso de que estuvierais allí con el intento de sacarle los ojos, operación que los de vuestra raza saben ejecutar diestramente aun con los vivos. Es entonces, el instinto de conservación, el que ha obligado a trataros con alguna descortesía.

A mi pasado le pareció que faltaba razón para creer que nuestros débiles picos inspirasen mayor zozobra que la robustísima tenaza del gran compañero; mas no hizo reflexión sobre aquella diferencia, optando por el partido de callar, que según su antiguo sistema, era siempre un buen recurso para la vida.

Entretanto que nosotros conversábamos, la partida de voladores, llegando sin más contratiempo hacia alto en el mismo sitio en que quedó el desmayado desertor, a quien rodearon y obsequiaron todos con demostraciones de contento y alegría por su buena suerte.

En un instante se desembarazaron de sus aparatos y se tendieron por el suelo llenos de fatiga, en cuya posición recibían los plácemes de una multitud de gente que se apiñaba en torno del grupo.

Habiendo notado que al solo tocar en tierra los voladores, cesaba por completo el movimiento de las ruedas sin que de parte de ellos precediese operación alguna, pedí al Cóndor me explicase aquel fenómeno.

—La razón es muy sencilla —respondió—, y no debe ser desconocida para vuestro compañero. El aparato funciona por medio de la fuerza eléctrica, mientras permanece aislado de la tierra; así es que en cuanto los pies se separan del suelo por un salto del individuo, las ruedas comienzan su giro, y cesan en él cuando se toca de nuevo en tierra, porque entonces se consume en ella toda la fuerza que se desprende del aparato.

—Y a propósito de fuerza —dijo mi pasado—, ¿Cuál es la de tanto poder que reducida al escaso volumen de aquel globo, ha levantado peso tan enorme como el de la barca?

—La misma electricidad —respondió el Cóndor—. Ya hoy en la tierra, el fuego que antes serbia para vivificarlo todo, se encuentra relegado al fondo de los volcanes. La electricidad lo mueve todo: presta su inmensa luz a la noche y la convierte en día: sirve para ablandar y fundir instantáneamente los metales: sirve de arma terrible en la caza y en la guerra, según habéis visto y os he dicho; y sirve por último hasta para freír un par de huevos.

Mi compañero estaba verdaderamente aturdido de escuchar la relación de aquellas maravillas; y cuando hubo dominado un tanto su asombro, dijo:

—¿De suerte que los fósforos, poco uso tendrán ya en estos tiempos entre los fumadores?

—¡Uf! —replicó el gran compañero—. Los fósforos con olor a azufre y a otras cosas peores, pertenecen a la historia. A más de un siglo que concluyeron su papel. Los cigarros hoy se encienden por la electricidad: el fumador lleva adherido a su traje un pedacito de tela eléctrica, en donde enciende su cigarro, como pudo hacerlo en otra época en la llama de un candil.

Mi pasado miraba al Cóndor, sin pestañear siquiera, y con aire de profunda duda: yo veía que deseaba replicarle; pero como le había cobrado gran temor y respeto, no se atrevía a soltar palabra, lo cual me era sensible; porque la discusión de los asuntos es siempre útil y cuando esta tenía lugar entre mi compañero y el Cóndor acontecía que fuese para mi muy divertida, especialmente cuando el primero salía derrotado. Pero en esta como en otras ocasiones, mi amigo reservó seguramente *in petto*, la opinión tal vez razonable que no quiso aventurar tal vez por un alazo.

Al Cóndor no se le fue por alto la duda del pasado; pero tampoco quiso alargar el debate, calculando que sería tiempo perdido el que invirtiera si se empeñaba en sacarle del círculo de sus añejas preocupaciones.

El grande amigo hacia poco favor a mi compañero, que no siendo ni con mucho, enemigo del progreso, si abrigaba algunas dudas por falta de mejores explicaciones, esas dudas no debía traducirse de primas a primeras como una muestra de oposición irracional.

XLVII

El Espejófono

—Ya sé —me dijo el Cóndor—, que por vuestro pasado tenéis alguna idea de lo que ha sido la electricidad para nulificar las distancias, pues ha visto funcionar en su tiempo el telégrafo.

—Y también el teléfono —interrumpió mi compañero, con aire de incuestionable importancia.

—Bueno; y también el teléfono —prosiguió el Cóndor—; pero ahora vais a ver hasta dónde ha llegado la perfección de ese invento y convendréis luego conmigo en que no podría llevarse más allá.

Mi pasado pareció tomar grande interés en el asunto y vino a colocarse muy cerca del Cóndor para enterarse bien de lo que dijera, calculando que en materia de electricidad, según lo que ya tenía visto, podía haberse llegado a resultados aún más sorprendentes que los ofrecidos desde su tiempo por el teléfono, el fonógrafo, etc.

El gran compañero continuó:

—Estamos sobre el edificio central del telégrafo en Guatemala, como lo demuestra ese tejido de alambres que viene a morir al centro de las oficinas; y por una de estas claraboyas de la izquierda, podemos observar sin riesgo lo que pasa en el salón principal. Acercaos y mirad.

Nos colocamos en un recodo que cubría un antepecho y obedeciendo a la indicación del Cóndor, yo metí el cuello por la abertura más próxima, juntamente con mi compañero.

El recinto de aquella oficina, pareció a nuestra curiosidad, un mercado una Babilonia.

Hombres, mujeres y niños, en animada confusión hablaban, reían y gesticulaban a un tiempo: juzgamos que los hombres y las mujeres, estarían seguramente locos, pues sus pláticas, risas y movimientos iban dirigidos a un espejo redondo y pequeño, que cada cual tenía en la mano; notándose que el aro del espejo estaba ligado por un hilo a uno de tantos aparatos que se veían por las mesas de la oficina; y que, otro pedazo de hilo adherido también al aro por el extremo opuesto, salía de la boca de cada individuo de los que portaban espejo, como si lo llevasen asegurado a los dientes.

—Es una mansión de locos —dijo mi compañero retirándose de la claraboya con marcado disgusto.

Yo me retiré también, sin comprender nada de aquel barullo; pero el Cóndor, que se había colocado de centinela detrás de nosotros, nos obligó a volver a la ventana diciéndome:

—No hagáis caso de vuestro pasado, que, no conociendo el adelanto de que se trata, imagina que yo me burlo. Volved y observad con atención; pero fijaos en una sola de las personas que allí entren y no en todas.

Metimos de nuevo el cuello, y fue por casualidad en el instante preciso en que se presentaba una señora, o quizá señorita; pues aunque podía distinguirse en ella el calibre de la edad, no sabíamos si fuera casada o soltera, estado que, según mi compañero, debía considerarse para dar el titulo de señora, a una joven de quince abriles, si era casada; y el de señorita a una jamona de noventa años, si no lo era.

Un dependiente saludó a aquella, que, al juicio de mi pasado, debía ser una reina, tal era la riqueza de su traje; y le preguntó atentamente ¿a qué punto hablaría?

—Con Australia —respondió la dama secamente.

—¿A quién ha de llamarse?

—A mi marido...

—Su nombre si Ud. gusta.

—Juan Cornezuelos.

—De parte de....

—De Cornelía, diga Ud. solamente.

—Muy bien.

El joven se llegó a una de las mesas: tomó de la caja un espejo igual a los que se veían en otras manos, y dijo a otro de los dependientes, alzando la voz:

—Australia: llame Ud. a Juan cornezuelos, de parte de Cornelía.

Y volviendo al lado de la dama, puso en sus manos el espejo y le preguntó con algún embarazo:

—¿He dicho bien el nombre y apellido de la persona que Ud. llama? No estaba yo muy seguro...

—¡Oh! Muy bien dicho: Cornezuelos; es mi marido.

En seguida tomó el hilo que pendía del aro del espejo: lo cambió por uno que ella llevaba en el bolsillo, guardando en su mano el otro: colocó el extremo del hilo entre sus dientes para asegurarlo; y esperó, teniendo la mirada fija en el espejo.

Mi pasado, entretanto, no perdía movimiento de la dama, que ya sabíamos era una señora, a pesar de su juventud. Observó atentamente las preguntas y disposiciones del telegrafista y no podía explicarse el papel correspondiente al espejo sostenido en la mano y ligado a la boca por un hilo. Seguía, pues, mi compañero creyendo que nos hallábamos en presencia de una multitud de locos. Pasados unos momentos, el dependiente gritó desde su asiento:

—¡Juan Cornezuelos!

Era el aviso de que la persona requerida, estaba al habla en la ciudad de Sidney, Australia Oriental.

Y en el espejo que tenia Cornelia en la mano, acababa de reflejarse un rostro de varón, mofletudo y colorado como un tomate, con largas patillas rubias bien peinadas y aderezadas, ojos azules y la cabeza cubierta con una gorra blanca.

Mi pasado contemplaba el fenómeno con la mayor ansiedad. Comenzaba a adivinar toda la importancia del adelanto a que se refería el gran compañero. Dos amantes ausentes podían verse y hablarse cualquiera que fuese la distancia a que se hallaran el uno del otro. Esto era verdaderamente asombroso.

Tan pronto como Cornelia vio dibujarse en el espejo la imagen de su esposo, exclamó, manifestando alegría.

—¡Juanito! Buenos días. ¡Cuánto placer me causa tu vista! ¿Cómo estás de salud? Tu semblante me dice que no tienes novedad.

Y oímos distintamente al del espejo replicar con voz clara, aunque un tanto nasal:

—Me encuentro en efecto bien. Y tú, ¿Cómo te encuentras?

—Así, así, de salud; pero muy triste por tu ausencia....

—¡Hum! —refunfuño mí compañero, oyendo a Cornelia—: veo que pasan los años y que todavía dicen lo mismo las mujeres. Y siquiera fuese cierto.

Cornelia prosiguió:

—Cuéntame del viaje, que estoy curiosa de saber los pormenores.

—Otra va —dijo mi pasado entre dientes—: corren los años y no envejece la curiosidad de las mujeres.

El del espejo decía a su esposa:

—Llegué a esta ciudad hace dos días, después de un viaje agradable verificado por el globo que llaman «La espada roja.» Tuvimos un ligero contratiempo cuando pasábamos por el estrecho de Torres, pero se olvidó muy luego.

—¿Qué fue lo ocurrido? —Pregunto Cornelia.

—Uno de los pasajeros quiso probar el vuelo poniendo en juego un aparato de su invención. Lo abrió a nuestra vista y se lanzo con él al vacío. Un momento estuvo suspendido y nos hizo creer en la victoria; pero vino una ráfaga de aire, le dobló el aparato y se fué a plomo como una bala.

—¿Y dónde fue a caer? —pregunto Cornelia, conmovida del susto:

—Por fortuna suya cayó en la mar y murió sin hacerse pedazos.

—¡Qué horror! —dijo Cornelia, llevando a la frente la mano que tenia desocupada. ¿Y para que me cuentas esas cosas?

—¡Oh! Eso no vale nada. Al fin y al cabo, fue un lance divertido. Si lo hubieras visto como daba vueltas por el aire cuando se iba a fondo. ¡Que figura tan estrafalaria!

—¡Calla! —Dijo la dama en tono de reconvención, que me duele oírte hablar de esa suerte, tratándose de un acontecimiento desgraciado.

Yo me puse a temblar con la relación del suceso, seguro de que en el próximo sueño iba a acometerme otra pesadilla como la del ternero.

Mi pasado rechinaba fuertemente sus mandíbulas, poseído de cólera, al observar la indolencia con que se expresaba el del espejo.

—Lo dicho —me dijo alzando repentinamente la cabeza—: la condición del corazón humano no cambia: el dolor ajeno todavía es objeto de burla y de placer.

Y luego cambiando de tono, agregó:

—Pero olvidemos eso, para pensar solamente en que ya no hay ausencias ni separación. Me declaro vencido por esta vez; porque si bien en mi tiempo, llegó a pensarse que las señales telegráficas podrían dirigirse por el aire, sin otro vehículo que una invisible corriente magnética; no se adivinaba un progreso tan profundo como el que contemplamos.

La conversación de los esposos continuaba:

—¿Y cuándo regresarás Juanito?

—Lo haré cuanto antes, para que termine la soledad en que te hallas.

—Bien; pero no por mi dejes sin concluir los asuntos que a esa tierra te han llevado. No pienses que vivo tan sola. He dispuesto que el primo Manuel se traslade a casa; y de esta manera, tanto él como yo, lo pasamos perfectamente. Con que ya ves, no hay necesidad de apresurarse.

Vimos que el marido antes de responder, se quitaba la gorra y se llevaba las manos a la cabeza con movimiento nervioso. Yo supuse que algún animal le había picado; pero mi compañero no creyó seguramente lo mismo, porque viendo a Cornezuelos, sonreía con una sonrisa de inexplicable atención.

Cuando se hubo rascado bastante la cabeza, el marido se caló de nuevo la gorra y respondió a su bien hallada consorte:

—¿Y porque no has llamado de preferencia a la prima Rafaela, que no al primo, para que te hiciera compañía...?

—¡Vaya una pregunta ocurrente la tuya! Las mujeres nos aburrimos en grande con las mujeres. Como que nos hallamos bien... es una monotonía... una... en fin, una vida insoportable.

—Pues mira, Cornelia: voy a darte una sorpresa que ha de serte muy grata. Sabes que he terminado ya de una manera brillante, el negocio que aquí me trajo, y que nos reuniremos esta noche misma o a más tardar, mañana temprano. El globo Negro zarpa hoy, y mañana el de la Espada roja. En uno de los dos me marcho y cesará tu soledad.

—¿Deveras? —Dijo la dama mordiéndose los labios de contenta—. Eres un picarón: ¿Cómo no me dabas pronto tan buena noticia?

A poco terminó la entrevista, y Coronelía, después de guardar el hilo que había puesto al espejo y acomodar el otro, pagó el precio de la conversación y salió de la oficina, pálida y convulsa, como pretendiente que se retira de un Ministerio con una mala nueva.

XLVIII

Otras pláticas y observaciones

Retirándonos de la claraboya; y notando que mi compañero se detenía con aspecto reflexivo, le pregunté:

—¿En qué pensáis?

—¿En qué he de pensar —me replicó—, si no en la maravilla de que han sido testigos nuestros ojos? Además, pienso también en que un primo no dejará nunca de ser un mueble precioso para la soledad: en que los maridos deben tocarse todavía la cabeza muy a menudo; y en que la lengua de las mujeres no se acorta, ni con el transcurso de los siglos.

El Cóndor se llegó a nosotros y se detuvo con aire de triunfo delante de mi compañero, interrogándole por medio de una expresiva mirada.

Mi pasado se halla rendido de admiración, me apresuré yo a decir; y confiesa que lo del espejo no se presintió en su tiempo.

—¿Y que ha dicho del apretón de manos con que se saludan los que hablan por el espejofono?

Mi compañero se conmovió con aquella pregunta. No habíamos observado entre Coronelía y Juanito más apretones, que los que una y otro daban en sus dientes, motivados por los pasajes de la conversación.

—No ha ocurrido nada de eso —dije al gran compañero.

—No lo habréis visto —repuso con mucha seriedad—; pero es seguro que hubo apretón de manos, por ser esta una cortesía que no falta en tales casos.

Volví los ojos a mi compañero y no pude menos que reír al mirar que casi se arrancaba la cabeza en señal de negación. Entonces pregunté al Cóndor:

—¿Y como pudiera verificarse eso?

—Nada más sencillo y natural. Así como viene la

imagen al espejo, aunque sea del otro extremo del mundo; así también se alargan las manos por el hilo conductor de la imagen, y se encuentran regularmente a la mitad del trayecto.

Mi compañero perdió la paciencia.

—Nos habéis tomado por unos estúpidos —replicó casi con cólera—; y habéis de saber que en mi tiempo ya se conocían las leyes de la naturaleza y se distinguía lo posible de lo imposible, razón por la cual nos reíamos desde entonces de los milagros. Que la electricidad conduzca la voz y hasta la imagen del que habla, en hora buena; pero que alargue a mil o dos mil leguas una mano que no se desprende del brazo a que pertenece... dejadlo para más adelante.

Mi pasado después de ser tan feo y tan prosaico; poético y hermoso vino a parecerme en aquel valiente arranque. El Cóndor le dirigió una caricia con la punta del ala en prueba de amistad y de que aquello del apretón de manos no pasaba de broma.

Mi compañero quedo después de esto, muy risueño y satisfecho.

Volamos sobre la inmensa y bulliciosa metrópoli, que después de nuestra última visita, antes del último sueño, encontramos llena de nuevas transformaciones.

Todo era allí elegancia y aseo, movimiento, ruido y actividad.

Acordándome del barrio de los templos, en uno de los cuales sorprendiera mi pasado al Cura de la Parroquia, antiguo conocido; llamó mi atención encontrar de aquellos severos edificios, solamente ruinas y escombros.

A este respecto, me dijo el gran compañero que ni la ciencia ni la industria de los siglos, habían descubierto todavía un recurso para suprimir los terremotos en aquella hermosa tierra; conformándose los habitantes con precaverse de los estragos de semejante calamidad, por medio de construcciones ligeras, adecuadas para sobrellevar sin peligro los caprichos de un suelo epiléptico.

—Eso —dijo mi pasado siempre con su calma original—: debió haberse hecho desde la fundación de la segunda ciudad; pero por una aberración incomprensible, se pretendía contrarrestar el poder de un sacudimiento volcánico, por medio de gruesas construcciones, levantadas con pesados muros y pesadísimos techos; y esto, al mismo tiempo que se construían en los patios ligeras barracas para habitar en las temporadas de terremotos, dando este sistema por resultado, que frecuentemente viniesen a tierra los más sólidos y costosos edificios.

Sin interesarnos por el discurso de mi pasado, continuamos moviendo las alas.

Entre las novedades que ofrecía la gran ciudad, pudimos observar desde luego la ausencia total de los bueyes y caballos que, en nuestra primera excursión, alcanzamos a ver todavía prestando su fuerza locomotora para arrastrar pesada carga.

La electricidad, reina y señora del movimiento había librado al fin de tan dura fatiga, la suerte de aquellos simpáticos amigos del hombre.

Los carros giraban en todas direcciones por calles y plazas, movidos, al parecer, por la sola voluntad de los conductores.

Los carruajes de lujo, que conducían a los jardines y paseos la carga ligerísima de elegantes y bellas damas, ostentaban delante del puesto del antiguo cochero, artísticamente modelados sobre madera; ya dos blanquísimos cisnes, ya un par de vigorosos leones, ya en fin, una pareja de airosísimos corceles con penachos de rojas plumas, o bien la efije de dos fornidos y pacientes bueyes, aderezados con yugo de plata.

Vi que mi pasado gozaba con ese espectáculo, cuanto había sufrido en el tiempo de mi humanidad, al contemplar el genio cruel y despiadado de los conductores de diligencias, quienes amparados en la falta de un reglamento de policía que castigase sus desmanes, ahogaban o hacían reventar las bestias del tiro, cargándolas con insoportable faena; crueldad que en mayor grado se ejercitaba con los bueyes de los carros, haciéndoles espirar bajo el aguijón.

—¡Bravo por los bueyes y por los caballos! —exclamaba alegremente mi compañero—. ¡Bravo por los toros del circo, memento de la colonia, cuyo bárbaro espectáculo debe estar suprimido y olvidado por la civilización!

Absorto mi compañero en sus goces, y yo embebido en escucharle, nos encontramos de repente sin la compañía del grande amigo. Le buscamos por el espacio y no pudimos descubrirle hacia ningún lado.

Un globo se aproximaba con dirección a nosotros, balanceándose muellemente con su graciosa barca cargada de pasajeros.

Temerosos de alguna travesura, en que no habríamos pensado si no fuera la ausencia del Cóndor, doblamos nuestro vuelo tomando la ascendente para dejar correr aquella maquina del aire por debajo de nosotros.

Cuando hubimos superado la altura, note que de la parte superior del globo se destacaba una especie de perilla, cuya forma precisa no era fácil determinar a distancia; pero luego que nos acercamos, se presento a nuestra vista el extraviado amigo que acaso por jugarnos una chaza y ponernos cuidadosos, aprovechando nuestra distracción, se había elevado a tomar puesto en la cúspide del aéreo buque, ocultándose a nuestras miradas. Nos alegramos mucho de verle y tan pronto como estuvimos al habla, mi compañero le grito:

—¡Soberbia idea! El águila natural coronando con su efigie al águila del genio.

XLIX

Santo Tomás y el tren hidráulico

A una señal del gran compañero, acudimos a su lado y tomamos puesto sobre aquella cúpula tan resbaladiza en que a cada instante perdíamos equilibrio, viendo lo cual nos dijo:

—Bien se conoce que no habéis nacido para sentaros en una altura como esta, donde sin el auxilio de la costumbre o de una organización nerviosa, se resbala fácilmente por los vértigos que produce.

Volví la vista al pasado y me confirmó la observación del Cóndor con un signo expresivo, reconociendo con entera sinceridad, no haber nacido para sentarse en tan alto, ni mucho menos.

En aquella falsa posición seguimos navegando por algún tiempo, rumbo al Norte. Para conservarnos sobre la copa del globo tuvimos que emplear tanto afán, como empleaban los funámbulos, al decir que mi pasado, para mantenerse de pie sobre la cuerda. A cada momento corríamos peligro de caer en manos de los de la barca, que de seguro nos habrían tomado por salteadores y tratádonos por supuesto como a tales. Por fortuna, teníamos el recurso de las alas: nos servimos de ellas a guisa de balancines y con su auxilio pudimos permanecer en compañía del Cóndor a pesar del mareo de nuestras débiles cabezas.

Por fin dimos vista a una ciudad espaciosa, que se extendía en las playas del mar Atlántico.

Mi pasado comenzó inmediatamente a inspeccionar los contornos, con la mira de orientarse y poder fijar la latitud en que nos halláramos y cual fuera la ciudad que aparecía a nuestros ojos.

Cuando hubo observado lo bastante y echado sus cuentas, me dijo que, a no engañarse, debíamos hallarnos sobre el punto o territorio que en su tiempo se designaba con el nombre de puerto de Santo Tomas, opinión que parecía demostrarse claramente con la existencia de la hermosa, amplia y segura bahía que acariciaba con sus quietas olas las casas de la ciudad, al mismo tiempo que columpiaba en su seno multitud de embarcaciones de formas y tamaños diversos.

—En efecto —dijo el Cóndor—; tenéis a la vista la

ciudad y puerto de Santo Tomas, que es hoy la gran vía comercial de Guatemala, presentida en vuestro tiempo por uno de los grandes hombres de esta tierra cuya estatua en bronce, se levanta en mitad del parque mayor, en actitud de señalar para el trafico general de su patria, con el viejo Continente, el rumbo del Norte.

—¡Si, si! —Exclamó mí pasado con vivísimo entusiasmo—: el rumbo del Norte, en vez de la ruta del Sur, que por un fatal error y acaso por falta absoluta de patriotismo, se había preferido para hacer el comercio del país con las naciones del hemisferio Oriental. ¡Quien lo creyera hoy? Entonces se montaba el Cabo de Hornos para dirigirse a la América del Norte, al África o Europa.

—Pues en este mismo sitio, que ya figura tan brillantemente en la historia de la civilización y riqueza de vuestra patria, vamos ahora a presenciar la solución de un proyecto digno del asombro del siglo XXI, como lo fue del XIX el paso de la locomotora debajo del mar de la Mancha, y del XX la sepultura de la Tiara Romana.

—¿Y de qué se trata? —Pregunté, dando rienda a la curiosidad que el pasado me comunicaba—. ¿A qué se dirige ese proyecto que ha de ser asombro del siglo?

—Se trata —respondió el gran compañero—, de acabar con la navegación por medio de buques, que, aunque ya tan avanzada en perfecciones, porque ni hay mareos ni muchos de los riesgos de mar que antiguamente ocurrían, no marchan con la celeridad del mundo, y aún están expuestos a choques contra los arrecifes que las ondas ocultan.

—¿Pero no están salvados esos contratiempos por medio de los globos? —Preguntó mi compañero.

—En parte lo están efectivamente; más no en el todo: los globos tienen un límite para el tamaño y no pueden cargar más aunque se quiera.

—Eso no importa —dijo mi pasado—, porque haciendo uso de cuantos globos fuesen necesarios, pudiera cargarse cuanto quisiera.

—vuestro raciocinio es exacto; pero como en el ingenio del hombre camina sin descanso en busca de la mayor prontitud, de la mayor baratura y de la mayor comodidad; no debéis extrañar que, teniendo a su disposición tan perfeccionados aparatos para su movimiento, busque todavía la manera de simplificarlos, de adquirir la menor ventaja sobre lo usado y conocido. La ley del progreso no se conforma jamás con las perfecciones obtenidas; siempre encuentra que corregir aun en lo que parece más acabado, y este espíritu de especulación produce el avance constante de la humanidad hacia su mejoramiento.

—Convengo —dijo mi pasado—, en la justicia de vuestras observaciones. El estacionarse en un punto, equivale al fin a retroceder, porque las fuerzas se consumen de todas maneras con el tiempo; y el que no las aprovecha para ir adelante, las pierde indefectiblemente y esa pérdida de fuerzas importa un retroceso.

—Esa es la razón —agregó el Cóndor—, por la cual los hombres se empeñan en ir mas allá si es posible en materia de locomoción. El experimento que vamos a presenciar, es sin duda grandioso y temerario a la vez. Se trata de nada menos que de lanzar sobre la espalda del Océano, a vuelo de pájaro, una inmensa locomotora con la fuerza necesaria para arrastrar una ciudad si fuera preciso.

Mi compañero parecía echar cuentas consigo mismo en orden al proyecto: quedó pensativo por unos minutos y luego bajó la cabeza sobre el pecho, moviéndola negativamente; pero no dijo una palabra en pro o en contra.

Dejamos el globo cuando estuvimos cerca de la ciudad y fuimos a sentarnos sobre la copa de un árbol corpulento, situado en el gracioso y fresco parque que antes mencionara el Cóndor.

Allí vi muy de cerca colocada sobre un alto pedestal, la estatua en bronce de un hombre, que con el brazo derecho señalaba hacia el mar. Al fijarse en ella mi compañero, la saludó con cariño, como si el original le fuese conocido de antigua amistad.

Volamos con dirección a la playa para hacer alto sobre un precioso edificio de hierro y madera, construido al remate de una calle, desde el cual dominábamos perfectamente una gran plataforma que se descubría allí cerca, bañada escasamente por las aguas del mar.

Aquella plataforma sostenía la locomotora monstruo, dispuesta para el ensayo del nuevo sistema de viajar por agua. El aparato estaba asegurado y montado sobre cuatro grandes cilindros huecos, colocados transversalmente en todo el largo de la parte inferior o asiento de la propia locomotora. Enganchados a esta, se veían cuatro carros o vagones de viaje que iban a servir para la gran prueba, montados igualmente sobre cilindros huecos, que harían las ruedas.

Veíase el tren ornado con flores y gallardetes, como que estaba de bautismo; llevando a su frente, escrito en hermosas letras de oro, el modesto nombre que el inventor le adjudicaba y que mi pasado leyó en alta voz diciendo: «El Pensamiento»; nombre alegórico que no me pareció mal, si bien opinaba que habría estado mejor llamarle «La Ilusión».

La ciudad entera, se había vestido de fiesta, para mostrar el entusiasmo por la inauguración del fabuloso invento. Millares de astas cubiertas de banderolas de colores se dejaban ver por todas partes: las calles y balcones parecían profusamente adornadas con guirnaldas y cortinajes; y al compás de los trenes que ocurrían cargados de espectadores, la música entonaba himnos alegres, cuyos ecos derramaban la animación y el contento en aquel día memorable.

También la atmósfera se vestía de gala con multitud de curiosos aeronautas llevados a presenciar el espectáculo; e igualmente los buques surtos en el puerto, adornados de gallardetes y flores, aumentaban la animación general con su brillante aspecto y con los disparos de cohetes eléctricos que iban a perder su caudal luminosa en la profundidad de las regiones celestes.

El Cóndor se divertía con la admiración de mi

compañero ante aquellos preparativos que contemplaba silencioso. Luego acercándose nos dijo:

—Así como una bala dispara horizontalmente al nivel de una porción de agua, corre rebotando sobre la superficie hasta que, falta de fuerza, se hunde en el líquido; de la misma manera han ideado los hombres que, lanzando un tren a flor de agua, montado sobre ruedas aparentes e impulsado por una capacidad de fuerza sin solución de continuidad; se deslizara velocísimo y sin contra tiempo alguno por la superficie del mar, en la dirección que quiera dársele: tal es el experimento que estamos a punto de presenciar, que cuyo buen éxito depende la portentosa conquista, que impaciente aguarda el mundo.

Me dirijí al pasado para observar el efecto que produjera en él la explicación que acababa de hacernos el gran compañero, y le halle tristemente taciturno.

—Observad —me dijo con alta gravedad—, esa multitud de semblantes cadavéricos en los hombres y mujeres que van y vienen y se agitan con motivo del acontecimiento preparado: no parece sino que ya conocieran de antemano los funestos resultados de la prueba. Las flores y la música y la algazara que se arma en torno del tren, no bastan a disimular la incertidumbre fatal.

—Fatalista estáis —le replicó el Cóndor—. Es de ley que en toda novedad pololeen los malos agoreros y ya no se les presta atención alguna, porque al fin y al cabo, como lo ha probado la experiencia, su misma negación contribuye a realzar la grandeza de los hechos que se consuman por la energía.

Y en efecto; me pareció que mi compañero se mostraba desazonado sin razón, pues ahí no se descubrían los semblantes cadavéricos que él se representaba en fuerza tal vez de sus negros presentimientos. Por el contrario, la gente se abalanzaba en tropel y respirando alegría, para tomar un puesto en los vagones.

En un instante estuvieron los asientos, llenos de desesperados ansiosos de la muerte, según la opinión de mi compañero; aunque según la del Cóndor, llenos de héroes, que iban a cubrirse de gloria en aquella riesgosísima caminata.

A proa y popa de la gigantesca locomotora, podía verse a los maquinistas, con el rostro impasible y resuelto, prontos a cerrar las válvulas que aprisionarían en un reducido espacio, una fuerza de arranque equivalente a la fuerza unida de un millón de caballos lanzados a escape. Los momentos eran solemnes, pues ya todos en sus puestos, únicamente se esperaba el tañido de la campana que era la señal convenida para emprender la marcha.

El Cóndor nos indicó que para presenciar la partida del tren con toda comodidad, debíamos hacernos al mar.

La idea nos pareció muy bien, pues tomando el tren de frente le veríamos salir en la situación mas favorable, para satisfacer nuestra curiosidad sobre un suceso que valía la pena de ser admirado en todos sus pormenores.

Alzamos el vuelo, y cuando estuvimos a unas

mil varas del muelle o plataforma, reflejándonos en el espejo del azulado Atlántico, tornamos caras, manteniéndonos fácilmente sobre aquel punto a favor de una brisa contraria que excusaba a nuestras alas la mayor parte del trabajo. A poco de estar allí en observación, vimos alzarse repentinamente a flor de agua cerca del muelle una cresta espumosa que cual una sierpe de plata se desarrollaba a nuestra vista, avanzando sobre nosotros con la violencia del huracán y a medida de su carrera, creciendo en proporciones. Con mirada, ya no de admiración, sino de estupidez, contempló mi compañero el vuelo de una sombra por la superficie del mar.

Era el tren hidráulico que rodaba sobre el líquido espacio, extendiendo en su carrera por los lados del frente, dos alas de espuma; y dejando a su espalda una línea interminable de blanco y luciente reguero.

Nuestro gran compañero se lanzó con la ligereza del viento sobre la dirección que llevaba el aparato, movido por la curiosidad de verle arribar a la isla de Jamaica, punto de escala en aquel viaje de prueba.

No pudiendo seguir al Cóndor en su vuelo, regresamos a esperarle sobre la copa del árbol donde nos detuvimos al separarnos del globo.

Mi pasado no abría el pico. Era seguro que en su interior se operaba una lucha entre sus cálculos y razonamientos fatídicos y la elocuencia del hecho que acababa de presenciar. Podía verse en sus ojos la expresión de una inquietud mortal que no era bastante a disminuir el resultado del experimento.

Dudaba aun, y esperaba con impaciencia y terror, la vuelta de nuestro amigo.

La mole de este se dibujo en lontananza unos minutos después, regresando en dirección de la blanca estela que dejo sobre la superficie de las aguas el vuelo del tren.

Pronto estuvo con nosotros; y sin esperar la ansiosa pregunta que ya nos disponíamos a dirigirle, nos dijo en tono contristado:

—¡Se hundió amigos, se hundió!

Un rayo que se estrellaba sobre nuestras cabezas, no nos hubiese causado el espanto y el horror que la vos de nuestro amigo, al anunciarnos la terrible nueva.

—Una oleada espantosa —prosiguió el Cóndor—, elevándose de improviso en la línea de marcha, inclinó la proa de la locomotora; cayó sobre ella con precisión inmensa y cambiando rudamente la dirección, la hizo cortar para el fondo, arrastrando consigo los carros y sus mil pasajeros, que a esta hora, yacen en el abismo.

Guardo silencio el fatal mensajero, como avergonzado de tan negra calamidad.

Mi viejo amigo, pareció en unos instantes sin aliento, al golpe de la infausta nueva; y aún creí distinguir escapándose de sus ojos, dos lagrimas de duelo, ilusión de los míos, que tampoco fueran hechos para probar las dulzuras del llanto.

Después, lleno de cólera y sentimiento, me dijo:

—La exageración marchara siempre directa a hundirse o a estrellarse; y por desgracia, es hija las más veces de un noble entusiasmo. ¿Por qué será todavía, que los grandes pensamientos no se levantan sin lágrimas o sangre?

—Toda semilla —repuso el Cóndor—, necesita del riego para germinar; por esto es que los pensamientos, semillas del ingenio, también necesitan del riego para su desarrollo.

—Si —dijo mi compañero—; pero con la diferencia de que las semillas del ingenio, necesitan el roció de la amargura.

—No importa —repuso el Cóndor—, si al fin han de germinar; como sucederá con las que ahora se esparcen.

Entretanto, los espectadores asistentes a la partida del tren, entre victores mil, radiantes todos de alegría, inundaban la oficina central de telégrafos, ansiosos de la noticia del feliz arribo a su destino; noticia que era esperada de momento, pues a ninguno le había ocurrido imaginar una catástrofe, teniendo por cierto que sin el mas mínimo tropiezo, habría continuado el aparato su carrera.

—¡Huyamos —dijo mi pasado al gran compañero—: huyamos de tanto dolor y de tanta desesperación, que aún no presienten esos desgraciados deudos y amigos!

L

El arado y el indio

Partimos de aquella hermosa ciudad, dejando a los vecinos en una expectativa que los minutos transcurridos en silencio, iban convirtiendo en agonía cruel.

No obstante la pesadumbre que embargaba a mi compañero, me hizo notar al regreso para la ciudad de Guatemala, todo lo que antes no habíamos podido observar a causa de ocultárnoslo el mismo volumen del globo que nos sirvió de vehículo.

En todo el tránsito por la parte del Norte, no dejaban de ofrecerse a la vista, limpias y graciosas poblaciones y los campos todos en cultivo.

Mi pasado se entretenía informándome de cómo, al empuje de la locomotora, habían surgido la vida y la producción en aquellas vírgenes y ferocísimas tierras, arrebujadas por tantos y tantos siglos bajo el tenebroso traje de la ignorancia y de la inercia.

Al transponer un espacio limpio y despejado en donde parecía prepararse el terreno para formar sementeras; el gran compañero llamó nuestra atención sobre las pequeñas máquinas que iban y venían en línea recta con entera precisión, abriendo a su paso profundos surcos sobre el campo.

—Ved —nos dijo—, con cuanta facilidad se labra hoy la tierra por medio de los arados autómatas, que trabajan sin fatigarse y sin otro guía que su propia fuerza.

Nadie hubiera imaginado un fenómeno semejante.

Mi viejo compañero, al fijar por primera vez sus ojos en los arados, creyó seria una especie de cangrejos parecidos a los que corren sobre la arena remojada de la playa del mar, tan luego como la espuma de la oleada se consume; pues tales se ofrecían, vistos desde la altura: mas luego que nos aproximamos para examinarlos de cerca, se convenció de su error, observando que los cangrejos eran unas verdaderas máquinas de arar, cuyo ingenioso mecanismo, dirigido y arreglado por los labradores, se prestaba perfectamente al trabajo de su objeto, con inestimables ventajas para el cultivo de la tierra.

—Con razón —dijo mi pasado, contentísimo de aquella novedad—, vemos que la área inmensa de los terrenos abandonados en esta parte de Guatemala, han recibido un cambio tan completo.

Pasamos después sobre multitudes de plantaciones de café, de caña de azúcar, de algodón de hule, de canela, de té, de cacao; sobre bosques de cipreses y pinares cuidadosamente sembrados y cultivados, en donde mi compañero vio con placer corregida la imprevisión de los hombres de su tiempo, que destrozaban los bosques para servirse de la leña, sin cuidarse de reponerlos; y por último, vimos también en otros lugares, huertos de flores y árboles frutales que preñaban la atmósfera de aromas diferentes.

Al contemplar mi viejo compañero, abismado, tanta maravilla, observé cierto afán en su mirada indagadora, como si buscase y no hallase por aquellos campos y poblados, algún objeto que a su juicio no debiera faltar de allí.

Cansado seguramente de investigar sin éxito sobre lo que buscaba, tomó la resolución de dirigirse al gran compañero, haciéndole la pregunta que sigue:

—¿Sabéis por ventura lo que ha sido de aquella raza infeliz, desheredada, que, dueña y señora primitiva de esta tierra, vino después a esclava y tributaria del conquistador, para luego refugiarse al fondo de los montes, cuando la civilización le ofreciera luz y libertad?

Mi compañero hizo una pausa esperando la respuesta; pero notando que el Cóndor reflexionaba antes de darla, prosiguió a completar su pensamiento diciendo:

—He buscado con interés y cariño, por toda la extensión de los lugares, la figura del indio vigoroso, trepando por veredas espirales, bañado el cuerpo en sudor y doblegado por el peso de la carga: le he buscado por el campo batiendo la tierra con su azada, o en la soledad de la espesura del bosque sembrando con el hacha el tronco de la encina secular; le he buscado a la orilla del arroyuelo, sentado junto a la lumbre que armó su compañera de vida y de miserias, masticando silencioso la tajada de suban o la gruesa tortilla, saturada con sal y chile, una provisión de su alimento, que remoja con sendos guacales de agua caliente: le he buscado sobre el áspero camino, silbando alegremente tras el atajo de mulas conductoras de carga, que arrea incansable haciendo zumbar el látigo del tapaojo, bordado con hilos de colores; que dirige palabras cariñosas a la acémila que marcha bien, e imprecaciones violentas a la que deja torcer la carga o se atrasa en el camino, corriendo allá, componiendo aquí, levantando allí, olvidando al parecer de la fatiga y del sol que le tuesta la piel: le he buscado en fin, bajo el techo pajizo de la chichería, donde al caer de la tarde, llega a consumir el precio de tanto afán, en la bebida que le embrutece más y más... he buscado y no encuentro, la efije del indio, simpática por sus dolores. ¿Acaso la civilización concluiría por exterminar aquella raza infeliz, como alguna vez se intentara por hombres que se decían civilizados?

—No —replicó el Cóndor—: no ha perecido esa raza cuya suerte tanto os interesa. La civilización puso sobre ella su mano protectora: abrogó las nobles leyes que la condenaban a la ignorancia para que así viviese esclava; y decretó la ley de su instrucción forzosa. La instrucción levantó al indígena hasta el nivel de la igualdad social, y entonces vio con sorpresa que la sangre que corría por sus venas era de la misma naturaleza de toda sangre, y que las ideas y el talento latían bajo su frente, dispuestas al cultivo y a la elevación... no ha perecido, pues, esa raza de vuestro cariño; pero no la busquéis en la forma en que os la presentan los recuerdos, porque no la hallareis. El indio es hoy el industrial atrevido, el capitalista afortunado, el comerciante activo, el agricultor instruido y diligente, el gobernante justo, el general valeroso, el poeta, el literato, el elegante de salón; el ciudadano en fin, de esta tierra. Ahí le tenéis por todas partes; en los palacios, en los almacenes, en los paseos, en el taller..., valiendo tanto y más que un aristócrata de vuestros tiempos...

Mi pasado estuvo a punto de sofocarse con la emoción que le causaba lo que oía: dudaba profundamente, casi tanto como respecto de la buena suerte de la carrera del tren hidráulico; pero no había remedio: el indio no parecía por ninguna parte: estaba, pues, o muerto o civilizado. Optó mi compañero por admitir lo último, recordando que ya en su tiempo, un hombre del porvenir, había obligado al indio a poner su planta en la escuela y en el taller; y a cambiar su tosca vestidura por la vestidura del pueblo.

—Indudablemente —dijo en vos perceptible aunque hablando consigo mismo—: aquella semilla de civilización, regada con las lágrimas que en su ignorancia vertiera el indígena al salir de la obscuridad del bosque, donde dejaba su querido mastate, símbolo de desnudez, aquella semilla, desarrollando lenta, pero vigorosamente, ha concluido por operar la metamorfosis del indio tan deseada por los buenos.

Y cuando terminó su soliloquio, gritaba mi compañero, como desesperado de entusiasmo, ¡viva la instrucción! ¡Viva la redentora instrucción!

Le acompañamos en su alegría el Cóndor y yo, considerándola muy digna y natural, atendida la causa hermosa que en mi pasado la producía.

LI

Un templo cristiano

Llegamos a la ciudad y nos dispusimos a tomar algún reposo sobre la bóveda de un edificio que se descubría por el lado de la Poniente.

—He aquí un templo cristiano —nos dijo el gran compañero—: tiene por nombre «La Caridad» y no lo desmiente.

Vi a mi pasado muy curioso por examinar lo que

fuera aquel templo «La Caridad», y un gesto de malicia me hizo entender que el amigo dudaba de buena fe, que aquella denominación correspondiese en la práctica de su significado.

Dimos una vuelta por todo el edificio observando atentamente cuanto pasaba en el interior.

El cuerpo principal constaba de una nave hermosa, clara y limpia. Por todo adorno, se levantaba en el fondo una mesa de mármol blanco, que sostenía una cruz de la misma piedra y color. A la izquierda no distante del sencillo altar, se descubría un púlpito, también de mármol; y más atrás sobre una ancha cornisa volaba a la mitad del muro del respaldo, se presentaba a la vista un órgano de elegante forma.

Como faltasen en aquel templo la multitud de retablos, las imágenes, las lámparas y otra porción de trastos que exhibían las antiguas iglesias, especialmente los manómetros destinados a encubrir la risa o las angustias de los que confesaban a las jóvenes; opinaba mi amigo que aquel santuario no pertenecía a los católicos, opinión que parecía plenamente comprobada con la ausencia completa de los clérigos que lo explotasen, o sea las arañas religiosas que allí debían ocultarse para acechar la caída de penitentes.

El resto del edificio, correspondía menos todavía al que fuera un templo antiguo. Lo rodeaban espacios salones y oficinas, llenos los primeros de pequeñas alcobas alineadas con simetría, y algunas de ellas ocupadas por huéspedes al parecer enfermos; notándose por todas partes, grupos de ancianos y niños, que allí recibían alimento y asilo.

—Esto es un hospital —me dijo el viejo amigo—: el Cóndor se ha equivocado seguramente al tomarlo por un templo, fijándose nada más que en la capacidad del edificio.

Manifesté al gran compañero la opinión de mi pasado, que no le fue extraña, acostumbrado como ya lo estaba al oírle discurrir según la memoria de sus tiempos; y dirigiéndose a el dijo:

—Si como buscabais vuestros indios, buscabais vuestros templos, tened por cierto que así como no hallasteis aquellos, tampoco hallareis estos. Porque el tiempo no ha corroído en vano; y si alguna semilla se ha regado abundantemente con lágrimas y sangre, desde hace dos mil años en que fue plantada sobre el Calvario, es la de la buena nueva, que al fin ha fructificado en América. Aquí tenéis establecida, entre la multitud de creencias diferentes que ampara la libertad; la religión cristiana, tal como Jesucristo la imaginó. Aquí tenéis el templo del amor y de la caridad, la religión sin jerarquías ni jurisdicciones de ninguna clase y por consiguiente, sin suplicios ni vergüenzas.

Mi compañero, que no tenía otra manera de manifestar su admiración, si no abriendo el pico; se entregó esta vez con tanto ahínco a aquella operación, que cuando volví a mirarle para observar el efecto que le causaran las noticias del Cóndor, le halle empeñado inútilmente en cerrar las tenazas, pues a tal extremo las había separado, que ya parecía imposible volverlas a su situación primitiva. Fue, pues, necesario auxiliarle para conseguirlo; y cuando el gran compañero le vio libre de aquel percance, le recomendó fijase un tanto en lo que hacía y no se expusiera a quedar trabado para siempre por un simple descuido.

—Las cosas que contáis, serian realmente para dejar al que las oye con la boca o el pico abierto, si fuera de creerse. Proseguid vuestro informe, que aun cuando no pase de una ilusión, es una ilusión agradable e interesante en extremo.

El gran compañero se sonrió y continúo diciendo:

—Ya no hay obispos, ni curas, ni cobradores. Tampoco hay santos a esta fecha, porque la instrucción hizo comprender a la sencillez fanatizada, que ante el velo de la muerte se detendrá la ciencia humana por todos los siglos; y que siendo así que nadie puede ni ha podido establecer lo que hay tras ese más allá, fuera una presunción ridícula, presentar como verdades los sueños del ascetismo o las combinaciones del interés que, respecto a futura vida, forma cada a su arbitrio; y por tanto, del arte de hacer los santos y de las misas y confesiones; o lo debía quedar lo que ha quedado el recuerdo, y un recuerdo que naturalmente mueve a risa, cuando se piensa en tales supercherías, pudieron tener en el mundo defensores y apologistas. La instrucción hizo al fin descubrir que el reino del cielo, con sus vírgenes y santos medianeros para las gracias, y sus condenados a comprarlas, no era más que un retrato de las monarquías de la tierra con sus duques, marqueses y grandes nobles, medianeros para las gracias, y el pueblo esclavo que debía pagarlas... por la instrucción se descubrió toda la farsa, y las religiones de espectáculo y de comercio y de intriga, vinieron al suelo para dar lugar a la religión natural que, sin caretas ni trajes carnavalescos, proclama sencillamente el cumplimiento del deber para con todos, y la igualdad y el amor.

—¿Y decís que no hay obispos ni curas? —preguntó mi viejo amigo.

—Os digo que ya no los hay. Hay solamente apóstoles de la caridad; y para que mejor comprendáis lo que pasa en punto a la religión de vuestras memorias, debéis saber que al presente ya no hay carrera religiosa. Los apóstoles, o sean los hombres que se dedican al servicio de los templos, son individuos que se conceptúan con vocación para hacer el bien de sus semejantes. Atienden a los enfermos y a los huérfanos; y consuelan a los afligidos, inspirándoles resignación y paciencia en los trabajos de la vida, bajo la promesa de una vida mejor. En los días festivos se reúnen los fieles en el templo, a escuchar la palabra del apóstol, que, imitando felizmente la dulce palabra de Jesús, predica sin cesar la paz y la armonía, el amor y la caridad. Las limosnas que los fieles depositan en la mesa del altar, sirven solo a la beneficencia, pues los apóstoles viven de su trabajo personal, turnándose en el servicio de la casa por voluntaria solicitud. Jamás uno de estos apóstoles toma en sus labios una cuestión ajena a su ministerio; y captándose por sus virtudes gran respeto y consideración, concurren favorablemente a mantener la confraternidad del pueblo.

Oyendo las razones del Cóndor, mi pasado movía su cabeza negativamente, en demostración de plena incredulidad; y después de discutir por unos momentos, exclamó en tono de profunda convicción:

—Podrá un hombre dar fuego a su cigarro en la falda de la levita: podrá mantenerse a flor de agua una masa de hierro que pese mil toneladas: podrá la policía resolverse a conservar el orden y el aseo de la ciudad; y... volaran en fin, los hombres; pero que el sacerdote deje de aspirar a la riqueza, y deje de avasallar y de sangrar a la humanidad y de meterse en lo que no le va ni le viene,... podrá ser también; y entonces será que el hombre alcance en la tierra, felicidad y paz; pero para que esto suceda, falta todavía que el mundo cambie de lugar.

—Vuestro pasado es incorregible —me dijo el gran compañero—: está tocando con sus ojos los resultados y aún se atreve a negarlos. Sin embargo; por esta vez merece se le disculpe, porque la transformación en esa materia es de tal magnitud, que así de pronto debe parecerle una fábula.

Mi pasado guardó silencio y casi le vi arrepentido de su rotunda negativa, pues al cabo de un instante decía entre dientes:

—Ya es mucho que hayan desaparecido aquellos fantasmas de rapada corona; aquellos curas de mi tiempo, mensajeros de la muerte y del infierno... Puede ser que haya algo de cierto.

LII

Las ciencias

Volamos de aquel edificio siguiendo al gran compañero en dirección a otro, no distante, en donde nos anunció proporcionarnos nuevas cosas que observar.

Al hacer la travesía, mi pasado fijó su atención en una extraña forma de sombreros que seguramente había la moda impuesto a los habitantes de la ciudad, sin distinción de edades ni de sexos; siendo lo más raro que los tales sombreros eran al parecer de metal blanco y bruñido, con la forma del casco usado por los soldados rusos, en tiempo de mi compañero; y rematando cada casco una especie de aguja dorada, brillante y reluciente como aquel; en los cuales se notaba, que a estilo de las colas que salían de la mitra de los obispos cayendo a la espalda, así salía de cada casco un cordón plateado que resbalando por detrás del cuerpo del individuo, arrastraba un tanto por el suelo.

Mi pasado no conocía el objeto de aquella moda y no pensaba que fuese enteramente un capricho, como fuera casi siempre lo que procedía de modas; y no lo pensaba así, porque a primera vista podía notarse que el efecto del casco en la cabeza del bello sexo y sobretodo en la del sexo bello y viejo, no era por cierto nada favorable. Creyendo pues que en aquel estrafalario sombrero hubiese reservado algún secreto; me hizo indicación para pedir al gran compañero nos sacase de dudas en el particular; lo que verifiqué tan luego como tomamos puesto en el techo de una casa vecina.

El Cóndor se manifestó sorprendido con mi pregunta, como si se tratase de un asunto que mi viejo amigo debía conocer de antemano; y me contestó al punto:

—¿No veis que se avecina la tempestad?

Como yo creyese que el gran compañero no había escuchado bien mi pregunta, puesto que contestaba refiriéndose a muy diferente asunto, la repetí haciéndole antes notar su error.

Pero el gran compañero se afirmó en lo que decía, manifestando que aquello que a nosotros nos parecían cascos rusos, eran pararrayos, con que los habitantes todos de la ciudad, se ponían a cubierto de los riesgos de una tormenta, tan pronto como esta se anunciaba.

—Y qué —dijo mi pasado—, ¿no es acaso en los puntos culminantes en donde conviene y ha sido practica colocar los pararrayos para librar con uno solo de ellos, todo lo que se encuentre bajo el amparo del circuito que abarque?...

—Tal se usaba en vuestro tiempo —replicó el Cóndor—; pero como bien lo habéis visto, el espíritu de innovación que todo lo ha invadido, no podía dejar intacto el pararrayo, que aun se dejaba burlar de cuando en cuando, permitiendo que dentro del círculo de su imperio, la chispa eléctrica hiciese de las suyas, ensañándose no tanto contra los edificios, cuanto contra las personas; y los hombres pensadores observaron y rectificaron muy bien, que si el pararrayo tenía por objeto principal garantizar la vida de los hombres; era lo más lógico acercar la salvación colocando en cada cabeza el aparato que debía figurar y funcionar con el mismo objeto en la cúspide de un edificio. Así se ejecuta desde entonces con el excelente resultado de no haber tenido ya que deplorar desgracia humana, ocasionada por el rayo.

Mi pasado quedó satisfecho con la explicación del gran compañero, que ponía en claro la utilidad del invento.

A la sazón tronaban los cielos con desesperada furia, y relámpagos vivísimos cruzaban en todas direcciones. Observando que la multitud de gente que iba y venía por las calles parecía no apercibirse siquiera de la tormenta, me dijo el pasado, al mismo tiempo que también se escondía bajo el arco de una ventana del edificio temiendo la lluvia:

—En mi tiempo, con una tempestad menos cruda que la presente, no se vería una alma por la calle; tal era el horror que inspiraba; y en vez de esos cascos defensores, la gente se rodearía la cabeza con los ramos benditos contra el rayo, que tanto valían, como los exorcismos contra el diablo. Pero veo que la ciencia ha triunfado al fin sobre todo.

La tormenta se disipó bien pronto sin que la lluvia descargase sobre la ciudad, por haberla arrastrado y llevado muy lejos el huracán que la acompañaba.

Salió mi compañero de su escondite y vino a reunírsenos en ocasión que el Cóndor, después de examinar cuidadosamente la casa donde nos hallábamos, me decía con su tono amistoso:

—No obstante la poca fe con que recibe vuestro pasado las novedades del tiempo, voy a mostrarle al escribiente autómata, que trabaja en el piso inferior de esta casa, trasladando al papel con la mayor limpieza, las palabras que le dicta un astrónomo.

—Eso debe ser a estilo del arado —me dijo el compañero, pretendiendo disimular la curiosidad que siempre despertaban en el las revelaciones del Cóndor—. Apostaría a que el escribiente autómata, está representado por una pequeña araña que va y viene sobre el papel.

Nos acercamos al sitio que nos designaba el gran compañero; y por una ancha ventana sin cristales, abierta de par en par, vimos a un individuo que, sentado en un poltrona, hablaba por una pequeña bocina. Esta se comunicaba por un cordón de grueso regular a un pequeño aparato colocado en la mesa próxima, sobre un colchón de tiras de papel bien acomodadas.

Mi pasado llevó un chasco, pues el aparato no figuraba una araña, si no la forma de la mano de un hombre en actitud de manejar un lápiz o una pluma.

A medida que el personaje de la poltrona pronunciaba las palabras en discurso no interrumpido; una pequeña palanca, especie de buril agudo, se movía en el aparato, marcando el papel con caracteres diversos, y retirando las tiras escritas como pudiera hacerlo la mano de un hábil taquígrafo.

—En el centro de ese cordón —dijo el gran compañero—, van colocados sin contacto mutuo, tantos alambres cuantas son las letras del alfabeto; y hablando por la bocina, cada uno de esos alambres es herido por el tono de vos que le corresponde, resultando que por este choque se comunica a la pluma de la maquina el movimiento que traza la respectiva letra.

Encantó esta novedad a mi compañero; y al notar su admiración y regocijo, pude ver cuánto me hubiera valido aquel descubrimiento en los años de mi humanidad, para descansar de la fatiga eterna de la pluma, a la cual me veía condenado, como Sísifo a rodar su canto eternamente; no obstante el abandono del vigor y de las fuerzas que el trabajo aniquilara.

Pero como mi pasado no satisfacía por completo su curiosidad, por no poder examinar de cerca los rasgos de la pluma automática sobre las tiras de papel; todavía quedaba con algunas dudas acerca de la utilidad del invento, pensando que acaso no llenaría tan cumplidamente las cualidades de un diestro amanuense, sobre todo, en los casos en que fuera preciso hacer una corrección a lo escrito. Picado por esta duda, dijo al Cóndor:

—Y si se le ocurre al dictante enmendar cuatro palabras en cada renglón de su discurso, como sucedía corrientemente a los escritores o literatos en mi tiempo, excepto a los que escribían cuentos fantásticos en que todo era pasable, ¿Qué haría ese individuo?

Al gran compañero no se le fue por alto la malicia de la pregunta y replicó si desconcertarse:

—La misma máquina hace la enmienda; pero no conozco el mecanismo que haya de emplearse para verificarla.

—Satisfactoria respuesta —dijo mi viejo amigo, con acento de ironía.

Y fijando su atención en el discurso del astrónomo, se manifestó más interesado por la novedad de lo que oía que por el trabajo de escribiente.

Decía el sabio:

—Por mucho tiempo se ha sostenido la teoría del enfriamiento gradual del planeta que habitamos, dándose por cierto que en la época primitiva fuera un globo incandescente; pero la claridad y exactitud de la ciencia que coloca en nuestras manos el peso y estructura de los mundos, ha venido a demostrar hasta la evidencia el clarísimo error de aquella teoría. Todo pasa al revés: la tierra que antes fuese una bola de nieve, se calienta, se quema, se hace ascua; y en pocos días, nadaremos sobre la superficie de un globo de fuego, como los habitantes del sol; y nuestro planeta, después de fundirnos a nosotros, será el astro brillante que acabara de calentar a nuestra tibia luna, como la llaman los poetas todavía, y la dará luz y vida en tiempo no remoto.

—Esta sí que es buena —dijo mi pasado, llevándose al pico un dedo de la pata—. Después de tanto que nos dieran en aquellos tiempos con las infalibilidades de los Papas y de la ciencia, venimos a la poca agradable perspectiva de parar en salamandras.

Y dirigiéndose a mí, después de una pausa reflexiva, agrego:

—Y no creáis que ese astrónomo vaya descaminado. Recuerdo que allá en los años de mi humanidad, era cuento antiguo lo del enfriamiento gradual de la tierra; y sin embargo, el fuego del interior se abría campo para afuera por todas las partes. No bastando los respiraderos permanentes de los volcanes, saltaba el fuego del centro de los mares y de los lagos, haciendo hervir las aguas como en la laguna de Ilopango, fenómeno de mi tiempo ocurrido en un lugar de la tierra llamada San Salvador, vecina próxima a Guatemala. Ya podía notarse pues, que el planeta, lejos de enfriarse, se calentaría, como ahora lo refiere este gran sabio.

Dábamos algunos pasos por el edificio sin ocuparnos ya más del astrónomo ni de sus nuevas teorías, cuando por otra ventana descubrimos la figura de otro individuo que también se hallaba ocupado en dictar a otro autómata escribiente.

—Es un abogado —dijo el Cóndor.

Mi compañero quiso oír algunas frases de su discurso y nos detuvimos a escuchar.

Decía en aquel momento:

—Acabo de probaros, señores magistrados, con razones terminantes en derecho, la procedencia legal del fallo apelado; espero, no embargante esta circunstancia y atento sobre todo al próvido entusiasmo que me anima en el cumplimiento de los deberes correspondientes a mi encargo, prometeos demostraros en seguida, fundado en las mismísimas razones, la imprudencia legal del propio fallo.

Mi pasado dio la vuelta con signos de mal humor,

diciéndome:

—Por lo visto, los abogados no han dado un paso en doscientos años, ni hacia otras, ni hacia adelante. Así hablaban en mí tiempo y así sostenían el pro y el contra: cierto que la suerte del mundo en manos del abogado será siempre la mala y no la buena.

Y luego dirigiéndose al gran compañero, añadió:

—¿Y la medicina, y la cirugía, marchan al vuelo del tiempo, o siguen los pasos del abogado y del astrónomo?

—¡Oh no! —contestó el Cóndor—: esas filantrópicas ciencias se encuentran en su apogeo. En el caso más desesperado, puede un enfermo ocurrir a un medico con la confianza de asegurar la inmortalidad.

—Pues que —repuso mi compañero ya un tanto alarmado—, ¿se ha encontrado al fin el elixir de la vida tan afanosamente solicitado desde mi tiempo?

—No todavía; pero eso no obsta para que un enfermo desesperado, asegure la inmortalidad del alma, que, como bien lo sabéis, es la que importa asegurar, por ser en ella donde reside la grandeza del individuo.

Mi compañero volvió a mirar al Cóndor, comprendiendo que era su intención chancearse; pero le encontró tan serio, que casi parecía que hablase con entera convicción.

Sin darse por entendido del embarazo de mi amigo, aquel prosiguió:

—Con respecto a la ciencia no menos importante de la cirugía, se nota la misma altura en su desarrollo. El cirujano puede hoy cortar la cabeza a un hombre cualquiera y quedar cierto de que ese individuo no volverá a portar cabeza en el mundo.

Mi pasado tomo el partido de callar ante el mensajero del porvenir que no quería colocar de un modo franco en la situación del abogado, al médico y cirujano.

—Y la embrollada ciencia de la finanza, que en mi tiempo produjera tantos dolores de cabeza a los hombres de negocios y a los ministros, ¿ha conquistado algunos lauros?

—La finanza —contestó el Cóndor rascándose la oreja—, esa ciencia complicadísima, eje del mundo gubernativo y comercial, no ha dado aun su último paso; el paso de gigante que se procura con ahínco por todos, y se aguarda por todos con paciencia; el paso que ha de salvar todas las dificultades, cubriendo todas las necesidades.

—¿Y cuál? —Pregunto tímidamente mi compañero, no alcanzando lo que pudiera ser.

—¿No lo adivináis?

—Confieso que nada sospecho.

—Pues sabed que la gran novedad que se aguarda en la finanza y acaso estará a punto de realizarse, es la de encontrar el medio de gastar el doble del haber en una Caja, sin quedar debiendo nada absolutamente. ¿Qué decís de este gran problema?

Yo esperaba ver a mi pasado desatarse en elogios para un adelanto de tanto precio; mas contra lo que yo pensaba, dejo correr por su pico una risita irónica, y respondió con mucho aplomo:

—Digo que se hallará primero el elixir de la vida si continúa buscándose, antes que la resolución del problema propuesto.

Por un gesto disimulado que me dirigió el gran compañero, comprendí que mi pasado tenía razón al negar la posibilidad de tal descubrimiento.

LIII
Nuevas sorpresas

Concluida aquella plática, dispusimos ir saltando de edificio en edificio, con la esperanza de descubrir algún nuevo objeto digno de observación y estudio.

El llamado a inquirir sucesos, era naturalmente mi viejo amigo, cuya curiosidad no tenia límites. Yo me entretenía en observarle y en seguir el rumbo de mis pensamientos ligados a sus memorias.

De repente le vi inclinar el cuello por el techo hacia una casa hacia la calle y escudriñar los dos lados de la misma con remarcado interés y notoria inquietud.

—Parece, amigo mío —le dije—, que buscaras de nuevo al indio de vuestros tiempos, según es la ansiedad con que van vuestros ojos por todos lados.

—No es al indio a quien busco —contestó—: lo que busco y no encuentro es el alumbrado público: no descubro por ninguna parte un farol, un pico de gas, una candela. ¿Será que los hombres se hayan tornado en búhos y que no necesiten de luz para las noches?

El gran compañero se apresuró a responder a la pregunta que le hacia mi pasado, diciéndole:

—Notáis la falta de los faroles y no habéis parado atención en que ya ha cesado aquel relampagueo que observabais en vuestros primeros días de zopilote, y que yo os expliqué manifestándoos era efecto de la sucesión de los días y de las noches.

—Ciertamente —dijo mi pasado—: no había caído en que ya no relampaguea; y este cambio me parece que habrá tenido lugar desde nuestro último sueño; mas no me explicó cuál pueda ser la causa.

—Pues eso procede simplemente de que ya no hay noches; y por esta razón es también que ya no hay faroles para el alumbrado público.

Mi pasado no tragaba la nueva. Miraba estupefacto al gran compañero, miraba a la calle, miraba al cielo y no se resolvía a chistar palabra.

—Ya recordareis —dijo el Cóndor—, lo mal que se atendía el alumbrado público en vuestro tiempo, deciduo que no pudo arriesgarse ni cuando se cambiaron los candiles de aceite por las velas de cebo, ni cuando estas por el petróleo, ni cuando el petróleo por el nafta, ni por último cuando el nafta por reducidos focos eléctricos: el descuido era peculiar a los del país y a los extranjeros: los faroles no se encendían a tiempo, los faroles se ahumaban y los faroles no se limpiaban. Pues bien, para corregir tanta incuria, a cuya empresa no alcanzaban las fuerzas unidas de ilustres ayuntamientos, se resolvió suprimir el alumbrado.

—Gran recurso —dijo mi compañero, idéntico al que proponía nuestro malogrado poeta para desterrar los contrabandos—: suprimir las alcabalas. ¿Y qué se hizo para tener luz por la noche?

—Crearon los hombres el sol que ahora nos alumbra.

—¿El sol que ahora nos alumbra? ¿Pues no fue creado por Dios, según el *Génesis*?

—El que nos alumbraba hace poco y ahora presta su luz al opuesto hemisferio; mas el que ahora podéis ver suspendido en el espacio, siempre fijo en un punto perpendicular sobre nuestras cabezas, es el sol que los hombres encienden para ahuyentar las sombras de la noche.

Dirigimos la vista hacia arriba; y con admiración inaudita nos convencimos de que el globo de fuego que hubiéramos tomado por el astro del día, era un Sol artificial suspendido a competente altura para alumbrar de lleno la ciudad y sus contornos.

Mi pasado quedó con los ojos fijos largo rato, contemplando aquella esfera incandescente, que en apariencia representaba el diámetro que el Sol ofrece a la simple vista.

Comprendiendo que necesitábamos la explicación de aquel fenómeno, el gran compañero, que no disimulaba su alegría por la sorpresa de mi pasado le dijo:

—Esa esfera, que solo mide cincuenta varas de circunferencia, está formada de una tela incombustible, fuerte y transparente. Es un globo prisionero, suspendido a dos mil varas de altura. Por medio del cable que lo sujeta a tierra, y que se ha torcido con hilos de acero, se da paso a una poderosa corriente eléctrica que se esparce por la superficie del globo.

Al tocar en ella se incendia por medio de los agentes que se halla revestida, y produce esa luz intensa, fija y permanente, que ilumina un circuito de veinte leguas, reemplazando durante las noches, el luminar del Sol natural.

Aquello era un portento inconcebible; y cuando mi pasado se rendía a la evidencia, dando muestra de entusiasmo infinito con sus brincos y aleteos, dijo el gran compañero:

—¿Estaría imaginado en vuestro tiempo este método de alumbrar la tierra?

—Os declaro que nunca se imaginó. Es un suceso tan sorprendente que hasta me hace pensar si el Sol que llamamos natural, no será alguna esfera eléctrica artificial, elevada por los habitantes de algún planeta oculto, para proporcionarse luz, como lo han hecho nuestros hombres.

Aturdido por lo que veía, mi pasado daba vuelta a sus devociones olvidando que en su tiempo le habrían valido un anatema, pues atropellaba sin sentirlo, con el libro sagrado que establecería claramente el origen del Sol.

Siguiendo en sus investigaciones, mi compañero notó muy luego que en la ciudad no aparecían tampoco, ni los soldados, ni los policías diurnos, ni los importantísimos serenos, que tan buenas pruebas sabían dar acerca del modo de dormir profundamente al raso y sobre el duro lecho de las piedras, sin temores ni cuidados de ninguna especie.

Por lo que hace a los serenos, era claro que, suprimidas las noches, aquellos bichos encapuchados ya no tenían razón de ser; mas en cuanto a los soldados y policías, vi que mi compañero los echaba de menos con justicia, porque a su modo de ver, era de todo punto imposible que una ciudad no se engañase con la profusión de aquellos elementos que, según me decía, eran elementos de orden.

Por encargo de mi amigo, hice al gran compañero la pregunta de costumbre, suplicándole nos dijese la causa de haberse suprimido las milicias y policías, si en efecto lo habían sido; o nos dijese donde paraban.

El Cóndor se dispuso a sacarnos de dudas y habló a mi viejo amigo de esta manera:

—Habéis visto bajo diversidad de aspectos, todo lo nuevo producido por la marcha del tiempo en favor de la civilización y del progreso; y no deberíais por lo tanto preocuparos por la ausencia de las milicias, porque esa misma ausencia está probando un grado eminente de cultura, en el hecho de conservarse el orden sin elemento alguno de fuerza. No hay milicias ni policías en Guatemala, porque lo son voluntariamente todos los ciudadanos; cada cual se esmera en conservar el orden y al mismo tiempo cuida de que su vecino no lo altere. Por consiguiente, hay seguridad perfecta, debida a esa acción y tendencia recíprocas en favor de la tranquilidad y del sosiego público. Tales fueron en vuestro tiempo los deseos de los que trabajaban por la civilización; y es lástima que no todos hayan podido alcanzar, como vosotros, la realidad de tan hermoso ensueño.

—Bien estaría lo que nos decís —repuso mi compañero—, si se tratase solamente del orden interior; pero en un caso de guerra internacional, no median iguales consideraciones y un ejército es entonces indispensable y no se podrá formar en un día.

—Vuestra reflexión es justa, porque ignoráis que aquí se levanta ese ejército en un instante. Lo forman todos los ciudadanos; y al primer anuncio de alarma, todos corren a su puesto en defensa del honor e independencia del país, sin que la fuerza tenga intervención alguna para que cada cual cumpla con su deber en la hora del peligro.

Mucho agradó a mi pasado descubrir que ya el espíritu patriótico, fuese entre sus conciudadanos descendientes, una cualidad peculiar a todos: que se respetase el orden interior y que en caso de guerra exterior, fuesen todos sin excepción, voluntarios y entusiastas defensores de la patria; porque de esa suerte, esperaba que ya no hubiese como en su tiempo, ciudadanos traidores, que se hiciesen al enemigo común, para herir a sus hermanos.

Vi que mi pasado seguía discurriendo sobre aquella materia, que a su juicio era de importancia inmensa y un símbolo de avanzadísima civilización. Yo me complací de verle tan contento y le deje gozar con sus comparaciones entre sus tiempos y los que corríamos, que a la verdad se ofrecían bien diferentes en todo sentido de mejoras y adelantos.

Distraídos con las observaciones que veníamos haciendo, saltábamos de techo en techo sin propósito fijo, a la ventura.

Repentinamente nos detuvo el gran compañero para llamar nuestra atención hacia un edificio que teníamos delante y que nos dijo sería para nosotros objeto de la mayor admiración y sorpresa. Gruesas columnas, pintadas de negro, formaban la fachada de aquel edificio, cuyo aspecto no podía ser más funesto. Sobre una cornisa ancha y saliente que le servía de remate, un rotulo desmesurado, presentaba a los curiosos, esta leyenda: «Palacio de la muerte temporal».

—Aquí tenéis —nos dijo el Cóndor—, el gran recurso descubierto por la filantropía de los hombres, para abolir la pena de muerte, que antes se imponía a los grandes criminales.

Mi compañero no comprendía cual fuera el recurso a que el Cóndor hacía referencia; y deseaba con ansia verle llegar al término de la explicación, presintiendo que se trataba de un gran suceso para la humanidad.

—Aunque ya habéis visto, prosiguió el gran compañero, que el orden y la armonía, se guardan aquí bajo la vigilancia reciproca de los ciudadanos; y que en tal puesto, no debieran existir malhechores de ningún género; sin embargo, la condición de la misma humanidad, no consiente por desgracia, es falta absoluta; y de cuando en cuando se presentan algunos criminales dignos de muerte. Para evitar ese extremo tan horroroso y terrible, del suplicio capital, los hombres crearon prisiones de bien estudiada seguridad para confinar en ellas a los delincuentes peligrosos, secuestrándolos de la sociedad y haciéndolos útiles por el trabajo, en vez de privarles de la vida.

—Y yo recuerdo —dijo mi pasado—, que con la creación de esos establecimientos quedó abolido para siempre el castigo de muerte.

—Pero recordareis también que aun de tan seguras prisiones, solían escaparse los reos más perniciosos, o quedar en libertad por efecto de una convulsión política o desorden cualquiera, que les abriese las puertas de la reclusión.

—Así era en efecto —repuso mi compañero—: quedaba en pie el riesgo de una eventualidad, aunque bastante remoto.

—Pues a la fecha, no queda riesgo alguno. Los criminales que debieran expiar sus delitos en el patíbulo son condenados según la gravedad del caso, al edificio que tenemos delante; en donde, conforme a la sentencia respectiva, reciben una muerte que el mismo fallo determina.

—Ya veo —dijo mi pasado al Cóndor—, que nunca os abandona la disposición o el deseo de chancearos. Explicadme, os ruego, esa muerte temporal.

—Y yo veo —replicó el gran compañero, aunque sin enojarse—, que a vos no os abandona la disposición a dudar de todo, cuando no a negarlo todo. Casi parecéis a aquellos de quienes se decía mucho antes de vuestra humana existencia: «tienen ojos y no ven, tienen oídos y no oyen». Hizo el Cóndor una pausa, sacudió sus alas con indiferencia y anudó su relato.

—Un suceso casual puso en manos del hombre

la sustancia poderosa que paraliza la vida animal sin ocasionarle ningún menoscabo. Es un narcótico eminente de aspirado por la boca o la nariz, deja al individuo en completa inmovilidad y muerte ficticia por el tiempo preciso que se quiera, cuya duración fija y determina la cantidad de narcótico que absorba el organismo.

Vi que mi pasado escuchaba con atención; pero sin dejar de dudar. La proposición le parecía inadmisible de todo punto en cuanto a que pudiera hacerse durar por un largo espacio de años el efecto de un narcótico, sin que ocasione muerte positiva.

—En vista de tan maravilloso invento —siguió diciendo el Cóndor—, se pensó en aprovecharlo en los criminales que he dicho, sujetándolos a perpetua ina-cción por diez, veinte, treinta o cuarenta años, según el mas o menos tiempo que se creyese necesario para obtener la enmienda. De esta suerte el malhechor queda privado de acción para proseguir en la carrera del crimen: la sociedad nada tiene que temer de él mientras permanece en el palacio de la muerte temporal, y tampoco ocasiona gastos ni cuidados de ninguna clase, porque se alimenta de solo aire: una vez paralizado, se le guarda en un camarote descubierto en donde queda tendido horizontalmente hasta el día en que haya de despertar y gozar otra vez de su libertad. Si vencido el plazo no despierta, es que durante el sueño aparente ha llegado el término natural de la vida, pues el curso de esta no se interrumpe por el narcótico; y entonces se le saca del camarote y se le sepulta.

—Eso —dijo mi pasado—, es natural acontezca a todos los que habiten el palacio bajo las condiciones que nos exponéis; y ya veo que no es improbable la existencia de tal descubrimiento.

—Venid —dijo—, pasemos al propio edificio y juzgareis por vuestros propios ojos.

El gran compañero ganó el techo casi de un brinco. Nosotros estuvimos casi a punto de caer en la calle cuando tomamos vuelo: nuestras alas parecían debilitadas; novedad que atribuimos al largo tiempo que llevábamos sin hacer uso de ellas.

El palacio de la muerte estaba provisto de muchísimas ventanas y por una de ellas, que daba a un gran salón, se presento a nuestros ojos un espectáculo que nos dejo fríos de espanto.

Allí estaban, en efecto, acomodados en fuertes estanterías, unos treinta o cuarenta cuerpos rígidos, tendidos todos boca arriba, con los rostros demacrados por una expresión cadavérica. Algunos de ellos tenían los ojos fijos y abiertos y suspensa en ellos la mirada de la última agonía, en la que seguramente se había reflejado el dolor en la entrada al sueño mortuorio.

Mi pasado completaba aquella escena sepulcral lleno de estupor, y conmovido como un azogado. Podía leerse en su turbia e indecisa mirada, que no creyendo creer en lo que veía, se imaginaba víctima de una alucinación tenebrosa.

—Ahora no solo dudareis —dijo el Cóndor a mi amigo—, porque allí tenéis a los secuestrados de la sociedad. De todos estos, muchos no despertaran tal vez; pero no puede saberse quienes sean, hasta el día en se extinga el efecto del narcótico, porque hasta entonces no principia la descomposición orgánica. ¿Qué decís ahora de este prodigio?

—Dadme tiempo para responderos —dijo mi pasado caprichosamente—, pues deseo pensar muy despacio las ventajas y desventajas del invento. Más adelante os daré mi opinión.

LIV
Desfallecimiento y despedida

Hacía mucho rato que notaba yo en mi compañero, cierto aspecto de cansancio o desfallecimiento que no podía explicar. Sus ojos estaban tristes y la cabeza casi de continuo inclinada a tierra. Ya no le veía armar cuestiones con el Cóndor, ni defender con la decisión de otras veces la antigüedad de algunas cosas; y hasta me parecía notar en él una indiferencia glacial para los últimos pasajes, contraria al interés que debieran haberle inspirado por su incuestionable importancia y novedad.

Una transformación completa ocurría en mi pobre amigo; y esto vino a causarme grandísima alarma, porque también yo comenzaba a sentir algo extraordinario que acontecía en mi organismo.

Todo en mi derredor iba tomando un colorido triste y funesto: mis alas, faltas de fuerza, caían lánguidamente en su natural posición y sus extremos tocaban el suelo; igual suceso observaba yo en mi compañero, en quien se hacía más notable a cada momento la opacidad mortecina de los ojos, síntoma que acaso tenía lugar igualmente en los míos, pues mi vista ya no era tan clara como antes.

Vino a mi memoria con expresión intensa, el recuerdo de mi nacimiento a la especie zopilotuna.

El pasado me representaba la aparición de una joven vestida de luz esplendorosa, en el momento de entregarnos al cuidado del gran compañero de aventuras, para estudiar en largo viaje los progresos del mundo. Lo que teníamos visto y admirado, debía ser el producto correspondiente a un extenso periodo de elaboración, que nosotros no habíamos podido calcular si no por las transformaciones que se operaban y de las cuales fuimos tomando conocimiento en el curso de nuestra marcha peregrina.

Me recordaba igualmente el pasado, que la vida de zopilote me había sido concedida para terminar en el plazo fijo e improrrogable de doscientos años.

Faltábamos saber si aquel periodo estaba próximo a extinguirse; si seria ya el caso de que mi espíritu volviese al seno de donde saliera un tiempo para ocupar el cuerpo de aquel hombre, cuya memoria vivía permanente en mi viejo compañero. Este, no podía explicarme cosa alguna en el particular; con motivo de nuestros dilatados sueños y de la marcha violentísima de los años, le era imposible determinar el número de los que hubiesen transcurrido; aunque bien pudiera calcularse que no dejaría de estar en los dos siglos o muy próximo a ellos. Hallábamos en nuestras mudas consideraciones, sintiéndonos moribundos, cuando el gran compañero se me acercó gravemente para decirme en tono melancólico:

—Amigo mío. Me parece estar muy próxima la hora en que deberemos separarnos.

Este anuncio inesperado en medio de los tristes presentimientos que me agitaban, ocasionó en mi ánimo una dolorosa sorpresa, que en vano hubiera pretendido disimular.

—¿Y en que os fundáis —pregunté—, para creer en una inmediata separación? ¿Quién puede obligarnos a ella?

—El genio de la vida me llama: me necesita y voy a partir lejos de vosotros; pero antes quiero conduciros a lugar seguro, para que os entreguéis al reposo del sueño, de que ya tenéis gran necesidad.

Contemplé con pesadumbre a mi gran compañero, emblema del porvenir: estaba tan hermoso, que aun sin hacer mérito de el afecto profundo del compañerismo que a él me ligaba, habría llorado su separación por el dolor de no verle ya más.

—¿Y qué va a ser de nosotros sin vuestra compañía? —Repliqué, con el llanto en los ojos—. ¿Quién encaminará nuestro vuelo y nos hará conocer todo lo demás que ha de sobrevenir en el mundo?

—No os apenéis por eso —respondió—. Por ahora, vais a dormir y mientras tanto no os haré falta alguna. Después del sueño tampoco tendréis ya necesidad de mí. No perdamos tiempo; haced un esfuerzo para sacudir esa languidez de que estáis acometidos y volemos.

El Cóndor se adelanto y nosotros le seguimos con gran trabajo y fatiga.

Llegamos a un punto solitario bastante retirado

de la ciudad, hacia el Norte, y paramos en el fondo de una barranca pintoresca, que mi pasado recordó con animación, ser la misma barranca de Jocotenango, aunque muchísimo más profunda, en cuyo borde se nos apareció por última vez, la visión encantada que me concediera nueva vida.

Un ojo menos experto que el de mi compañero, no habría podido hacer aquel reconocimiento; tal era la mudanza ocasionada por el cultivo y población de los campos inmediatos.

Cuando estuvimos colocados en el hueco que ofrecían las descubiertas raíces de un árbol, lugar bastante cómodo y seguro; el gran compañero nos dirigió su última mirada, movió sus alas con brioso empuje y lanzándose al espacio se aparto de nuestra ansiosa mirada, para luego perderse como una exhalación en el fondo azul.

No había querido decirnos adiós, creyendo acaso que una brusca partida mitigaría el dolor que necesariamente debía ocasionarnos la separación de un amigo tan bueno, tan complaciente y leal.

Quedé sumergido en tan profunda tristeza; y cuando volví la vista a mi viejo compañero, observé que dormía con pesadísimo sueño.

Yo estaba inquieto y azorado; sentía mis alas contraídas sobre el cuerpo, pesada mi cabeza y entre nieblas mis ojos.

Una densa obscuridad comenzaba a invadir aquel recinto, cuyo silencio mortal solo interrumpía de tarde en tarde, el roce de alguna ligera ráfaga de viento. Era indudable que el sueño se acercaba también en busca mía con paso temeroso, preparado a envolverme entre los pliegues de su manto de ilusiones. Hubiera deseado resistir a su influencia poderosa; pero mi cansancio o desfallecimiento eran extremos, y a mi pesar debieron cerrarse mis parpados.

LV

El gran conflicto

Después de tantas y tan diversas impresiones, era natural que una nueva pesadilla llegase a atormentar mi cerebro. Debía soñar y soñé en efecto, que el tigre de la selva, surgiendo de improviso en aquella soledad, se había lanzado sobre mi pobre compañero, cuyos pedazos palpitantes vi en unos momentos diseminados por el suelo. A continuación y en medio del estupor que me dominaba, observé que la fiera, vomitando llamaradas por los ojos, se disponía a lanzarse sobre mí, para convertirme igualmente en pedazos.

Quise volar para ponerme en salvo y me encontré con las alas dormidas.

Entonces emprendí la carrera a saltos, valiendo el supremo esfuerzo que hacía en este ejercicio, para que al cabo de un rato de fatiga, pudiese abrir a medias las alas y con su auxilio aligerar el paso, y proseguir la fuga, desatentado, sin rumbo y aguijoneado por la marcha del animal que me perseguía.

Ya pronto a caer rendido sin aliento a la mitad del camino, alcancé a divisar el techo de una casa no muy elevada que parecía continuar a un edificio, que yo tomé por un templo de los que mi pasado me diera a conocer en el principio de nuestro viaje. Viendo en aquella casa una esperanza de salvación, hacia ella dirigí mis saltos, pidiendo al miedo nuevas fuerzas.

La garra del tigre tocaba de cuando en cuando las puntas de mis alas heridas; mas llegando cerca de la casa, cobré de la flaqueza un último y supremo aliento, mediante el cual pude volar o brincar al techo, ganar un tragaluz que le coronaba y escurrirme por un ventanillo al fondo de una pieza llena de trastos, en donde, reducido al menor volumen posible y conteniendo la agitada respiración, me acomodé en el rincón de una cama resignado a esperar el arañazo final del tigre que tenia seguro iba a escurrirse detrás de mí por el mismo ventanillo, no obstante que yo, siendo de cuerpo escaso, aun había tenido que estrecharme al último grado para poder pasar.

Así permanecí largo rato, sin hacer el más pequeño movimiento; y cuando el pánico del que me hallaba poseído me permitió reflexionar que el peligro ya no me amenazaba tan de cerca, puesto que no se percibía ni el más leve rumor, hice ánimo para moverme a fin de mudar la posición que había tomado y que ya me era insoportable. Con el mayor tiento y cautela, como quien juega en ello la vida, sin abrir los ojos ni causar roce alguno logré dar una media vuelta, hasta quedar con los pies hacia arriba; obteniendo así un grande alivio.

Viendo que no ocurría novedad y tomando por esto aún más valor, probé a estirar las piernas y las alas, que estaban entumecidas como si hubieran salido de entre un pozo nevado. Pero... allí fue Tro ya.

Al poner por obra el deseado estirón, sentí que mis huesos se alargaban y engrosaban a tal extremo, que la cama rechinó con estrépito por todos sus cuatro costados.

Con un contratiempo de tal naturaleza, volví a quedar inmovible y sin respiración pico arriba; en nueva espera del arañazo del tigre. Observando al cabo, que todo en la pieza continuaba en completa calma, me atreví a abrir los ojos poco a poco, después de meditar y convenir en que con esa operación no metería ruido alguno.

Ligera claridad iluminaba el lugar de mi refugio, que desde luego y con mucha pena hube de tomar por una prisión, a causa de cierta especie de enrejado que rodeaba las paredes y que más tarde vine a descubrir era el dibujo a cuadros del papel que las tapizaba.

Mi primer impulso fue levantar el vuelo y salir inmediatamente de aquel recinto, en donde la falta de libertad hacia mi situación mucho mas detestable que cuando me hallaba perseguido por la fiera.

Sin acordarme de la imposibilidad en que habían caído mis alas para emprender vuelo, probé a levantarlas; y en vez de ellas vi alzarse con indecible turbación y sorpresa, un par de brazos humanos largos y descarnados.

Volví la vista en dirección a mis pies y me encontré con un cobertor de lana de colores, bajo del cual se dibujaba confusamente la forma de las piernas de un ser humano, tendidas a la horizontal.

Ante una novedad tan extraordinaria, quedé perplejo y aturdido, cavilando intensamente por hallar al suceso una explicación satisfactoria, para vista de ella, deducir lo que me fuera conveniente hacer.

Después de dar mil vueltas y revueltas a los diferentes pensamientos que me ocurrían en tan crítica situación, creí haber acertado con el misterio y me consideré perdido.

Según mi modo de ver, y no podía ser de otra manera, a causa de la obscuridad y del pánico que me dominaba, por acogerme a lo que me pareció rincón de una cama, me había metido en el cuerpo de un individuo; y era lo peor del caso, que aquel cuerpo debía pertenecer al sacristán o al Cura de la parroquia que radicaba en el templo vecino, cuyo campanario alcance a distinguir perfectamente cuando pude ganar el techo de la casa en mi precipitada fuga.

La idea de encontrarme prisionero en el cuerpo de uno de los parroquianos, vino a poner el colmo a mi desesperación.

No me atrevía a hacer movimiento alguno, no ya por temor al tigre de cuya garra estaba olvidado, sino por temor a ser descubierto por mi incógnito casero; y así quede de nuevo en plena quietud, no obstante la extrema curiosidad que me picaba por descubrir en cuál de los dos cuerpos había tomado asilo, si en el del Sacristán o en el del Cura.

Y mi curiosidad no era vana, porque aceptaba como un hecho mi triste situación, todavía decía yo para mis adentros «del mal el menos», consolándome con la esperanza de hallarme ensacristanado y no con el otro; esperanza que; con todo y la corta diferencia, me parecía una aventura; tal era el horror que me inspiraba el segundo evento.

Pero ¿cómo salir de la duda? El cuerpo aquel me parecía tan completo como el de todo humano bicho; y de aceite de consagración que pudiera servir de distintivo, no había allí ni olor.

Una idea feliz pasó por mi mente.

La cabeza del cura debía ostentar un círculo afeitado; este era un buen indicio para reconocerle; y aunque a la verdad podía ser calvo el sacristán y parecer con corona trayéndome una confusión; pensé que sería cosa muy casual aquella coincidencia.

Me decidí pues a emprender la indagatoria, y con el mayor tacto posible para no despertar al individuo, encaminé la mano a su cabeza.

Lo primero que advertí, fue la existencia de un espacio liso y llano en el centro, a cuyo contacto quedo mi mano yerta. No había esperanza; estaba yo en poder del cura, y por consiguiente, perdido sin remedio.

Volví a mis reflexiones y afortunadamente concluí por adoptar la resolución suprema del desaliento que en los casos apurados suele equiparse con la resolución del valor. Dispuse hacerme el desentendido en la posada y esperar con la posible tranquilidad el resultado de aquella peligrosísima aventura, confiado en que también esta vez como otras, la buena suerte se acordaría de mí para sacarme de tan raro acontecimiento a salvo y sin quebrantos. Como viese que nada nuevo ocurría, abrí un poco más los ojos y comencé a sentir, con creciente admiración, que de mi cabeza se retiraba poco a poco, en lento giro, una especie de faja de lienzo, en la que se pareciera envuelta; y que al retirarse iba dejando a mi cerebro ante un nuevo panorama.

Molido ya de permanecer en la misma forzada posición a que me obligaba el temor de despertar al casero, probé darle una vuelta al cuerpo, sucediese lo que sucediese y noté con placer que me encontraba en el perfectamente y con toda comodidad. Me complacía en saborear las delicias de la nueva posición que había tomado mi desfallecido cuerpo, cuando vino a interrumpir tan inocente goce, un ruido, que, de pronto, me ocasionó gran susto y desconcierto; pero que gracias a los recuerdos que despertaban a mí a cada momento, reconocí luego, no ser un ruido que debiese alarmarme, pues no me era extraño.

A continuación de aquel rumor, la pieza en que me hallaba fue inundada por la luz del sol. Se había abierto una puerta; el lienzo que ofuscaba mi inteligencia acabó de descorrerse y mis ojos se abrieron por completo.

LVI

En mi cuarto

La figura de mi pasmoso sirviente, que afirma ser

cristiano y haber sido bautizado con el nombre de Procopio, adelantaba como de costumbre, a paso muy medido y cuidadoso, para no derramar la taza de café con que venía a saludarme y a sacarme de la cama.

Mientras el sirviente se aproximaba, ganando media pulgada en cada uno de los movimientos de avancé que hacían sus pies, yo me restregué los ojos. Después dirigí la vista en torno y reconocí hallarme en mi propio dormitorio tendido en mi cama y somnoliento aun.

No podía equivocarme en cuanto a lo que veía, porque ahí estaba mi mesa de escribir, llena de papeles en pleno desorden y confusión; otra mesa de cuyo contenido solo podría dar idea un trasunto fotográfico, por llevar encima en perfecta anarquía una multitud de objetos de aplicaciones muy diversas que estaban allí amontonados, fuera de su sitio; la ropa de vestir diseminada aquí y allá sobre las sillas y trastos y el ropero abierto y vacío; y en fin , todo regado y confundido, denunciando la indolencia que para cierta clase de cuidados ha padecido siempre el huésped de aquel retrete.

Con muy marcados restos de asombro y duda, dirigí los ojos hacia el techo, buscando el traga luz por donde hubiera podido escurrirse un zopilote perseguido por un tigre.

No había en el cielo raso mas agujeros que de los que propósito había abierto con un clavo atado al extremo de una vara, para dar salida al agua empozada de una gotera, en tiempo de lluvias. Comprendí, pues, que me hallaba en mi propia alcoba, despertando de un sueño profundo y lleno de curiosas peripecias.

—Buenos días, señor —dijo el sirviente arrimando al fin a la cama con la taza de café.

—Buenos días Procopio —le conteste, al mismo tiempo que daba un estirón a los brazos y bostezaba largamente.

—¿Como ha pasado su merced la noche?

—Muy bien Procopio; pero me parece que he soñado mucho, si es que no sueño aún.

—Pues si ha sonado, es señal de que su merced ha dormido bien, porque cuando se duerme bien, se sueña mucho. Y que sabroso es soñar; es una verdadera felicidad.

—¿Y en qué te fundas para decir que es felicidad soñar?

—Pues es claro. Si su merced sueña con una pesadumbre, al despertar y encontrarse con que no hay tal cosa, la olvida, se contenta y es feliz; y si sueña con una dicha, despierta y aunque no la encuentra, la guarda en la memoria, le da vida, la saborea y es feliz. Ya ve su merced que de todos modos el sueño es un buen amigo.

Las razones del Procopio me sorprendieron agradablemente; en su lenguaje sencillo y natural, explicaba de una manera satisfactoria la base de la felicidad. Con una ilusión de pesar desvanecida; una ilusión de placer acariciada; he allí el secreto.

Iba a pedir a Procopio me diese razón de mi mujer y mis hijos, pues mi aposento está completamente separado de la parte que en la casa ocupa la familia; pero preferí guardar silencio; no las tenía todas conmigo, como suele decirse, y tuve miedo; aun me dominaba vivamente la impresión del sueño.

—Acércame el agua —le dije; y cuando me la hube lavado, le recibí la taza de café.

—¿No se le ofrece a su merced alguna otra cosa?

—No se ofrece nada, —respondí—; puedes retira rte.

Salió Procopio, entornando al marcharse, la puerta de la salita que precede a mi alcoba; y yo quedé solo en poder del vivo recuerdo de aquel sueño largo y raro, sorbiendo lentamente el líquido perfumado con el aromoso grano de café, emblema de nuestra riqueza.

Yo no pertenezco al número no escaso de paisanos que pretende hallar revelaciones en los sueños. Por el contrario; siempre he creído que lo que se sueña no se realiza jamás; y me fundo en que el sueño perpetuo de mi corazón, representado en la visión encantadora de la gruta, nunca pasó de una quimera, en vano acariciada y requerida con afán inmortal.

Absorto en las memorias del sueño apenas desvanecido, cuyos pasajes venían a mi mente llenos de viveza, quede por mucho rato con el pensamiento entretenido en repasarlos uno a uno, para guardar; como decía Procopio, los que engendraban placer y olvidar si era posible los que me traían amargura.

Pensé por último en abandonar el lecho; pero antes de efectuar mi propósito, tomé un cigarro, que encendí con un fósforo y no con algún pedazo de tela eléctrica que llevara adherido a mi levita, que ahí estaba suspendida a la cabecera de la cama.

Primer desengaño.

Pero reflexionando maduramente, concluí por admitir que respecto del sueño de aquella noche, fallarían mis convicciones, en razón de que la marcha presurosa de la patria hacia la conquista de los progresos posibles; ya era un hecho, que no un sueño.

La puerta que Procopio dejara entornada, se abrió de nuevo con estrépito, y una irrupción de chiquillos, vino a revolar alegremente en derredor de mi cama dejándome oír en tonos diferentes el gracioso saludo de «buenos días papá», que, repetido con algazara, me obsequiaban varios de mis hijos.

El velo se apartó por completo. Positivamente era yo mismo el que me hallaba en mi propio retrete, ocupando mi propia cama.

Contesté el saludo, dirigiéndome en particular a cada uno de los visitantes, y con el corazón ya tranquilo y satisfecho, comencé a vestirme, acariciando, como era natural, el recuerdo de la visión de la gruta y de la ilusión de mis esperanzas en favor del gran porvenir de la Patria, cuyo bosquejo anticipado misteriosamente en un sueño, ya me llenaba de complacencia.

Cuando hube concluido de vestirme, me dirigí a tomar la pluma, con el objeto de apuntar a la ligera los rasgos principales de mis soñadas aventuras; y al llegar a la mesa, vi lo primero, extendido sobre ella, un pliego de papel en el cual, la noche anterior y momentos antes de acostarme, había borroneado una composición a Guatemala, mi patria.

Al encontrarme con aquellas cuartetas, me di

una palmada en la frente. Ellas explicaban el origen de mi sueño; sus pasajes eran una consecuencia forzosa y natural de las ideas que bullían en mi cabeza, sobre los cambios prodigiosos que el trabajo de la civilización, verificaba ya en esta tierra.

Guardé la poesía en el propósito de aplicarla como un epílogo a la narración de lo que había contemplado en el porvenir a vista de pájaro, si alguna vez mi cansada pluma se tomaba la tarea de escribirla; y como esta condición se ha cumplido, justo es que se cumpla el propósito de cerrar mi relato con él...

Himno A GUATEMALA

CORO.
Las glorias de la patria
con júbilo cantemos
y en sus aras juremos
¡Progreso y Libertad!
Ven ¡Oh Patria!, levanta esa frente
tanto tiempo en la niebla perdida,
y que el Orbe la admire hoy, ceñida
de inmortal y glorioso esplendor.
En tu carro de luz, placentera,
revistiendo del siglo la gala,
te adelantas ¡feliz Guatemala!
de victoria al sublime clamor.

Risco de oro en dos mares tendido,
bajo un cielo de nácar sin brumas,
te apareces cual concha entre espumas
coronando las olas del mar....
y a la vos del Progreso que un día
resonó conmoviendo tus lares,
al trabajo erigiste altares,
de la muerte salvando el hogar....

Libertad, con su aliento de fuego,
te circunda de luz protectora,
y de esclava, te vuelve a Señora,
quebrantando el funesto dogal....
Ancha senda, de lauros vestida,
te prepara tu genio fecundo,

al mirar que es tu guía en el mundo
de los libres el claro fanal.

Sigue ¡Oh Patria!, moviendo ardorosa
de la tierra del aurífero arcano,
y avivando la luz que el tirano
de tus ojos tendió a separar....
La instrucción y el comercio en sus alas
te conducen a un trono de gloria;
y tu nombre se asienta en la Historia
entre aureolas de intenso brillar.

Sigue, sigue tu marcha imponente
de la Paz abarcando el tesoro,
que tus hijos proclaman en coro
amparar de tu gloria el Pendón....
Y la voz de la guerra, olvidada,
no mas truene en la Patria querida
que hoy feliz al hermano convida
¡Libertad y Progreso y Unión!

FIN

Impreso en Estados Unidos
para Casasola Editores.
MMXIII

www.ingramcontent.com/pod-product-compliance
Lightning Source LLC
Chambersburg PA
CBHW031100020726
47495CB00007B/1972